Elisabeth Marain

Rumoerige nachten

Tekeningen van Marijke van Veldhoven

Zwijsen

De Nederlandse Kinderjury 2008

LEESNIVEAU

		ME	ME	ME	ME	ME		
AVI	S	3	4	5	6	7	P	
CLIB	S	3	4	5	6	7	8	P

vakantie

Toegekend door Cito i.s.m. KPC Groep

Boeken met dit vignet zijn op niveaubepaling geregistreerd en gecontroleerd door KPC Groep te 's-Hertogenbosch.

1e druk 2007
ISBN 978.90.276.7259.9
NUR 282

Illustraties: Marijke van Veldhoven
Uitgeverij Zwijsen B.V. Tilburg

Voor België:
Zwijsen-Infoboek, Meerhout
D/2007/1919/424

Inhoud

1. Een rivier, een bos, een heuvel

Oma's auto is een moeilijk, steil weggetje af gereden en daarna gestopt, vlak bij een riviertje. Harry en oma blijven nog even zitten en zoeken met hun ogen naar een plek waar ze de tent kunnen opzetten. Ze gaan een weekje kamperen en oma heeft avontuur beloofd.

'Jij hebt veel gereisd toen je nog jong was, hè oma?'

'De hele wereld heb ik gezien, jongen.'

'Ben je er nooit vanaf gevallen?'

'Wat zeg je me nou?'

'Ben jij dan nooit van de wereld gevallen?'

Harry ziet het al gebeuren, zijn oma die één stap te ver zet en van de aarde tuimelt en meteen rondzweeft als een astronaut. Hij giert van het lachen.

'Jaja,' lacht oma, 'vroeger geloofde iedereen écht dat de aarde plat was.'

'En nu reizen de mensen allang naar de maan,' roept Harry enthousiast. Hij duwt het portier open, tuimelt uit de auto en springt uitgelaten in het rond.

'Woeoeoeháàh,' weerklinkt zijn indianenkreet. Hij snuift de bosgeuren op terwijl hij naar het riviertje rent. Hier is werkelijk alles wat hij nodig heeft voor een vakantie: water, bos en heuvels, superdesuper! Hij springt van steen tot steen over het beweeglijke water. Soms glijdt hij ervanaf en dan ploetert hij

gewoon verder met schoenen en al aan. Hij bukt zich om keien op te rapen die hij met kracht verder het water in gooit.
Harry is zeven jaar en zijn spierballen mogen er zijn. Daar is hij al maandenlang heel erg trots op, en oma mocht er vandaag aan voelen.
'Voel je ze, oma, voel je ze zitten?'
'Hé,' zei oma verwonderd, 'ik wist niet dat ik zo'n ijzersterke kleinzoon had!'
Harry glimlacht als hij daar weer aan denkt. Heel even spant hij zijn bovenarmen, jaja, ze zitten er nog altijd!
Van het ijskoude water heeft hij ijskoude voeten gekregen, maar iemand met spierballen zeurt niet. Hij kijkt achterom om te zien wat oma doet. Ze doet helemaal niets, onbeweeglijk staat ze daar, alsof ze diep nadenkt en alsof ze Harry en alles lijkt te zijn vergeten.
Spet, spat, spetterdespat, Harry springt handig uit de rivier en loopt naar zijn oma, een nat waterspoor achter zich latend.
'Oma!' roept hij luid, zijn stem echoot tot boven de heuveltop. Maar oma antwoordt niet, dus Harry rent naar haar toe en trekt aan haar arm.
'Zullen we een vette riviervis vangen? Ik maak een kampvuur en jij bakt hem – onze eerste zelfgemaakte maaltijd!'
'Stap maar terug in de auto, jongen,' antwoordt oma. 'Dat kleine, moeilijke weggetje hiernaartoe bevalt me helemaal niet.'
'Maar oma, we kunnen hier echt niet meer weg!'

Oma kijkt Harry nieuwsgierig aan.
'En waarom kan dat niet volgens jou?'
'Omdat het hier veel te mooi en te fantastisch is,' antwoordt Harry, terwijl hij naar het riviertje, het bos en de heuvels wijst.
'Er zijn nog wel meer mooie en fantastische plekken in deze omgeving,' stelt oma haar kleinzoon gerust. Ze staart minutenlang naar het kronkelende weggetje waarover ze gekomen zijn.
'Stel je voor dat het plotseling heel erg begint te regenen, dan kunnen wij onmogelijk met de auto weer naar boven, begrijp je?'
'We kunnen hem toch omhoog duwen, oma!'
'Ja, wij met z'n tweeën de helling op, dat zal me nogal wat worden.'
'En mijn spierballen dan?'
'Spierballen, wat bedoel je?'
Harry verliest bijna zijn geduld. Nog maar pas geleden heeft hij ze aan oma laten voelen, is ze dat nu alweer vergeten?
'O, ja,' zegt oma vlug en met een glimlach, 'jouw stevige spierballen. Maar die van mij zijn niet meer wat ze zijn geweest, dus dan moet jij helemaal in je eentje de auto die heuvel op krijgen. Je ploetert in de modder, je glijdt uit, je valt, terwijl ons autootje geen sikkepit opschiet.'
Hier wordt Harry even stil van.
'Maar het gaat toch helemaal niet regenen, oma.'
'Laten we toch maar proberen ergens anders een plek te vinden, ik heb aan papa en mama beloofd voorzichtig te zijn.'

Beteuterd tuurt Harry naar het riviertje dat al een beetje van hem was. En die zelfgevangen gebakken vis voor vanavond kan hij ook wel vergeten.
'We rijden gewoon nog wat rond en als we niets vinden wat even mooi is als deze plek, keren we terug hiernaartoe, afgesproken?'
Harry knikt, nog niet helemaal gerustgesteld. Oma aait over zijn bol, neemt plaats achter het stuur en start de auto. Tenminste, dat probeert ze, maar er komen alleen maar rare geluiden uit de auto.
Harry kan zijn glimlach nauwelijks inhouden, misschien móeten ze wel hier blijven. Oma blijft het proberen, elke keer opnieuw. De auto schokt en pruttelt wat, gromt een paar keer achter elkaar om dan meteen weer stil te vallen.
'Dat doet-ie nou altijd, mijn karretje heeft nukken. Dat krijg je ervan als je zo oud bent.'
'Koop dan een splinternieuwe, oma.'
'Ik zal het aan Sinterklaas vragen,' lacht ze.
'Geeft-ie ook auto's?' vraagt Harry ongelovig.
'Misschien moet ik het eens proberen,' mijmert oma.
'Nee hoor, Sinterklaas deelt alleen maar speelgoed aan kinderen uit,' zegt Harry snel.
'Tja, dan heb ik vreselijke pech en zal ik nog een tijdje met mijn ouwe karretje moeten rijden!'
Op hetzelfde moment krijgt oma haar voertuig gestart. Heel jammer, vindt Harry, en ze tuffen moeizaam het weggetje weer op. Nog één keer kijkt Harry achterom: daar gaan zijn riviertje, zijn bos en zijn heuvels!

2. Verder zoeken!

'Kun je kaartlezen?' vraagt oma. Ze bedoelt een wegenkaart waarop staat wanneer je linksaf, rechtdoor of rechtsaf moet rijden.
Harry kan dat niet, maar dat zegt hij natuurlijk niet zomaar. Hij neemt de kaart aan van oma en staart naar al die grillige lijnen en lijntjes. De plaatsnamen zijn gedrukt in belachelijk kleine lettertjes. Harry kan al goed lezen, maar die kleine lettertjes vindt hij maar niets. Bovendien klinken ze, als hij ze hardop spelt, als een taal die ratelt in zijn mond.
'We zijn in Frankrijk,' zegt oma, 'en in Frankrijk spreken ze Frans, dat weet je toch, hè?'
'Natuurlijk weet ik dat,' bromt Harry, 'maar ik mag al die namen op de kaart toch belachelijk vinden?'
'Je moet zoeken naar het Bwa-du-zjaar, want daar gaan we een kijkje nemen.' En oma herhaalt het nog een keer: 'Bwa-du-zjaar, kun je het vinden?'
Harry knijpt zijn lippen stijf op elkaar. Oma heeft de kaart zo klein als een envelop gevouwen, en nog heeft hij geen idee waar hij moet zoeken. De letters bewegen voor zijn ogen, maar dat komt ook door het geschud van de auto. Het is niet helemaal zijn schuld.
'Moet ik nu naar links of naar rechts?' vraagt oma bij een splitsing, midden in een bos. Ze stopt en wacht op het antwoord van Harry. Het is een tijd-

lang akelig stil, want Harry weet het niet. Oma kiest uiteindelijk zelf maar een richting en slaat linksaf. Ze draait zich om en grijnst naar haar kleinzoon. 'Ik maakte maar een grapje, hoor, voordat we vertrokken, heb ik al op de kaart gekeken.'
Ze stopt en wijst op de kaart aan waar ze naartoe moeten rijden. Er staat 'Bois du Jard', ze heeft er een rood kringetje omheen getekend. Eindelijk heeft Harry de naam gevonden.
'Vond je het niet gewéldig, dat je zelf de weg mocht zoeken?'
Harry geeft geen antwoord. Sommige grapjes van zijn oma vindt hij leuk, andere niet.

Het zonlicht schijnt met moeite door de bladeren van de bomen. Het licht is groenig en kleurt ook de gezichten van oma en Harry spookachtig groen. Oma rijdt nog een tijdje zwijgend verder, dan stopt ze plotseling.
'Dit wil ik graag zien,' mompelt ze, en ze stapt vastbesloten uit. Ze loopt naar de oude, vervallen overblijfselen van iets wat ooit een reusachtig gebouw was.
'Kom hier eens kijken!' roept ze enthousiast.
Met tegenzin stapt Harry uit de auto. Schoorvoetend volgt hij oma, die door een poort verdwijnt die nog nét overeind staat. Hier leeft geen mens, stokoud en doodstil is het hier, de stenen staren Harry aan. Hij vindt het zo'n griezelige plek dat hij snel naar oma rent. Voor oma is er niets griezeligs aan, op haar gemak stapt ze over de brokstukken. Een hagedis

schiet weg, vlak voor de voeten van Harry.
'Dit is vroeger een abdij geweest,' legt oma uit. 'Ooit hebben hier monniken geleefd, in de moestuin gewerkt, gezongen en gebeden, het warm en koud gehad. Nu zien we alleen nog maar stenen, hier en daar een stuk muur en een boog ... dingen verdwijnen.'
'Hagedissen verdwijnen niet,' zegt Harry, 'die komen altijd terug. Maar, gaan we nú alsjeblieft naar onze kampeerplek?'
'Vooruit, dat doen we.'
Vrolijk start oma de auto, die net als altijd een paar keer weigert in beweging te komen.
'Mag ik de kaart weer, oma?'
'Ik dacht dat jij die nog had?'
Harry zoekt en vindt de kaart bij zijn voeten. Hij vouwt hem open en kijkt erop. Plotseling ziet hij een tekentje dicht bij een kronkelende blauwe lijn. Die blauwe lijn, weet hij, is één van de vele riviertjes in deze streek. Het tekentje, met oma's rode cirkel eromheen, is de vervallen abdij. Alleen de stenen en de hagedissen zijn er nog, en hij, Harry, ontdekt dat hij ineens kan kaartlezen!
'Oma, ik kan écht kaartlezen!' roept hij, tevreden over zijn prestatie.
'Dat wist ik toch allang,' zegt oma, terwijl ze de auto voorzichtig over de smalle bospaden stuurt.
Het begint al flink te schemeren. De zon heeft het opgegeven nog te schijnen, bedenkt Harry. Voor wie zou ze nog schijnen? Het bos is zo al donker, en verlaten is het er ook. Hij weet niet waar oma hen

naartoe zal rijden, maar ze moeten ook nog een tent opzetten, en dat maakt hem een beetje ongerust.
'Oma, volgens mij is het al ontzettend laat.'
'We houden ermee op, jongen, ben je er klaar voor?' roept oma vrolijk.
'Gaan we kamperen, zo midden in een groot en donker bos?'
'Ja, het is hier wel verschrikkelijk geheimzinnig,' grapt oma. Maar Harry kan er niet om lachen. In een groot bos als dit leven allerlei wilde dieren, dat weet hij. Niet alleen leven er wilde dieren, er sluipen misschien ook struikrovers rond. Bij gevaar moet hij zijn oma veilig in de auto krijgen, want ze kan niet meer zo hard rennen. Maar wat gebeurt er dan met mij? vraagt hij zich ongerust af.
'Gaan we morgen terug naar het riviertje?' fluistert Harry, bang dat de struikrovers hem zullen horen.
'Dat wil je graag, hè?'
'Hartstikke graag, oma, ik vind het daar zo fantastisch!'
'Dan is dat beloofd, stap nu maar uit, Harryman. Hier zijn we en hier blijven we nu, tot morgen en geen dag langer.'
Oma loopt naar de kofferbak, wrikt hem open en haalt er een pakje uit.

3. De wondertent

'Ik heb een superbijzondere tent,' zegt oma, 'een tent die een beetje kan toveren.'
Harry moet erom lachen, dat wil hij natuurlijk weleens zien. En wat zit er in dat piepkleine pakje dat zijn oma zo losjes vasthoudt, toch zeker de tent niet? Het is zo'n pietepeuterig ding, daar kan zijn knuffelbeest niet eens in. Zijn knuffelbeest ... o, nee, die ligt thuis nog op de keukentafel, wat erg! Dacht oma misschien dat Harry zijn eigen tent zou meebrengen? Mama en papa hebben daar helemaal niets over gezegd. Nu zal hij wel buiten moeten slapen, onder de sterrenhemel, terwijl de wilde dieren om hem heen sluipen, hem besnuffelen en stukken uit hem wegscheuren en de struikrovers aan zijn voeten komen kietelen. En dan heeft hij ook nog zijn knuffel vergeten, wat een ramp!
'Oma, er is iets heel vervelends gebeurd, ik heb geen tent meegebracht.'
Over de vergeten knuffel zwijgt hij liever.
'O, wou je niet bij mij in de tent?' Oma doet net alsof ze heel erg teleurgesteld is.
'Is die groot genoeg voor twee mensen?' vraagt Harry, terwijl hij oma ernstig aankijkt.
'Zo groot als een balzaal,' zegt ze serieus.
'Waar is-ie dan?' Harry wordt een beetje ongeduldig.

'Hier ... in mijn hand,' lacht oma.
'In zo'n klein pakje kan toch geen tent zo groot als een balzaal zitten?'
'Ik zei toch dat mijn tent kan toveren, let maar op. Je hoeft niet eens te helpen met opzetten, dat noem ik nog eens een tent!' Oma trekt aan een touwtje dat aan het pakje zit en ... wwhoeeff!
Sissend en hikkend groeit er uit dat kleine pakje iets wat op een reusachtige bolhoed lijkt. Harry komt niet meer bij van het lachen.
'Jouw tent is een bolhoed, jouw tent is een bolhoed!' blijft hij maar gillen.
'Zeker, en volautomatisch is hij ook nog. Wij gaan zo slapen in een supermodern geval dat nog niet in de winkels verkocht wordt. Degene die deze tent heeft uitgevonden, is een vriend van mij. Hij heeft mij gevraagd om deze tent uit te proberen en wij zijn de allereersten die hierin mogen slapen. Wat vind je daarvan, kleine man?'
Harry straalt en is zijn teleurstelling over de kampeerplek vergeten. Morgen gaan ze namelijk weer terug naar het riviertje, en ze hebben een supertent!
'We moeten de tent met lussen vastmaken aan de pinnen in de grond. Kun je me daarbij helpen?' vraagt oma. 'Dat is het enige wat we moeten doen.'

Na dat klusje loopt Harry bewonderend om de tent heen, terwijl oma een pannetje water kookt op een campingbrander.
'Koken gaat nog niet volautomatisch,' mompelt oma, 'dat is voor in de toekomst.'

……

Het gaslantaarntje hangt te wiebelen aan de tak van een boom. Motten vliegen zich te pletter tegen de vlam. Harry is blij dat hij geen mot is.
'Waarom zoeken ze altijd de vlam op?' vraagt hij zich hardop af. 'Ze weten toch dat ze dan doodgaan?'
'Ze dansen graag in het licht,' zegt oma, 'zonder erover na te denken wat er kan gebeuren. Kom, het avondeten is klaar.'
Even later zitten oma en Harry op twee wiebelige krukjes aan een wankel tafeltje. Ze lepelen allebei uit hun eigen blik ravioli. Harry vindt het heerlijk, maar oma trekt een vies gezicht. 'Morgen doe ik het anders, morgen doe ik alles beter.'
Harry vindt dat het allemaal niet beter kan.
Ze zitten een tijdje stilzwijgend naar het trillende licht van de gaslantaarn te kijken, en naar de motten die niet anders kunnen dan zich te pletter fladderen tegen de zoemende vlam. En dan spert Harry zijn mond wijd open en komt er een reusachtige geeuw uit. Een geeuw die in het hele bos te horen is. Oma neemt hem bij de hand en duwt hem de bolhoed binnen. Een dunne linnen wand scheidt zijn gedeelte af van de rest van de tent, en oma heeft zijn bed al opgemaakt. Voor de raampjes zit gaas, zodat er geen insecten naar binnen kunnen.
Harry is in zijn slaapzak gekropen, maar wat mist hij zijn knuffelbeest!
'Is onze tent sterk genoeg?' wil hij weten.
'IJzersterk,' is oma's antwoord.
Waar hij écht aan denkt, weet ze niet, en dat is maar

beter ook.
'Slaap lekker, mijn Harry,' fluistert oma. Ze ligt op haar knieën om bij hem te kunnen en geeft hem een nachtzoen.
'Kan de deur op slot, en kan de tent niet omwaaien of wegvliegen?'
'De rits gaat dicht, dat is hetzelfde, en de tent is stevig vastgezet in de aarde, jongen,' sust oma.
'En de wilde dieren, kunnen die er niet in?'
Wat Harry helemaal voor zichzelf wilde houden, is er per ongeluk toch uitgefloept.
'Welke wilde dieren?'
'Wolven en zo.' Want Harry vindt dit toch een beetje een eng Roodkapjesbos. De nacht is hier vast zo donker, dat je je eigen handen niet eens kunt zien.
'Wolven zijn hier niet en de andere dieren zullen ons ongetwijfeld met rust laten.'
'Welke andere dieren?' vraagt Harry geschrokken.
'Nou ja, de nachtdieren, zoals uilen en marters en vossen en ... gewoon niets om bang voor te zijn, welterusten, Harry.'
'Welterusten, oma.'
Harry luistert nu naar zijn eigen ademhaling. Die klinkt zo ontzettend zwaar in het zwarte donker, het is net alsof het iemand anders zijn ademhaling is. Harry duikt met hoofd en al diep weg in zijn slaapzak, om het donker rondom hem niet meer te hoeven zien. Veilig in zijn eigen donker blijft hij een tijdje onbeweeglijk liggen. Hij wou dat het al ochtend was.

4. Beestachtige geluiden

Help! denkt Harry, ik stik, ik krijg geen adem meer! Snel wurmt hij zich met zijn hoofd uit de slaapzak en hij hapt naar lucht. Hij gloeit hevig, alsof hij koorts heeft. Hij voelt het bonken van zijn hart tot in zijn vingertoppen. Wanneer zijn hart eindelijk weer rustiger klopt, begint Harry te luisteren naar de geluiden. Eerst hoort hij niets bijzonders. Door de linnen scheidingswanden heen hoort hij oma's rustige ademhaling, af en toe onderbroken door een zacht snurkje, 'rrrrr, rrr, rrrrr' om dan weer gewoon verder te gaan. Dat stelt Harry gerust, maar niet voor lang. Tussen hem en het donkere, pikdonkere bos, zit alleen maar het tentzeil. Hij stelt zich voor wat daar nu allemaal dicht in zijn buurt beweegt en rondsluipt. Ik ben niet bang voor een vos, denkt Harry, dat is zelfs één van mijn lievelingsdieren. Ik heb nog nooit een vos in het echt ontmoet, ook niet in een dierentuin, maar op afbeeldingen ziet hij er schattig uit. Hij heeft mooie ogen in een mooie snuit, zijn vacht en staart zijn zacht en glanzend – een knuffeldier dat niemand kwaad doet. Nee, ik ben niet bang voor een echt dier, maar voor een écht monster ... een monster dat 's nachts ronddwaalt en het de mensen en dieren verschrikkelijk lastig maakt. Terwijl Harry dit allemaal bedenkt, hoort hij plotseling geritsel, gehijg, gesnuif en ge-

grom.
Een vos die een hol graaft? Dat zou Harry wel willen, maar deze geluiden komen uit de reusachtige, behaarde keel van het monster, daar twijfelt hij geen seconde aan!
'Ggcheugcheugcheu,' klinkt het nu van heel dichtbij. Dan houdt het geluid weer voor even op.
De haartjes op Harry's armen schieten één voor één overeind, dat kietelt! Dat hij sterke spierballen heeft, is hij ondertussen helemaal vergeten.
Takjes kraken, zware stappen zijn in de buurt te horen, ze staan stil, gaan weer verder, staan opnieuw stil. Harry drukt zijn oor tegen het zeil ... oei! Door zijn beweging gebeurt er buiten opeens niets meer. Het monster weet nu dat er iemand in de tent naar hem luistert. Plotseling voelt Harry een overduidelijke stomp tegen het zeil van de tent ... Eén keer, nog een keer opnieuw, daarna houdt het op. Het monster probeert hem gek van angst te maken.
Ik moet oma wakker maken, nu, onmiddellijk, voordat het te laat is, we zijn in gevaar!
Harry kruipt razendsnel uit zijn slaapzak omhoog en zit rechtovereind. Onder zijn hoofdkussen ligt een zaklamp, zijn hand trekt hem voorzichtig tevoorschijn. Maar dan twijfelt Harry heel erg of hij de lamp zal aanknippen of niet. Misschien komt het monster op licht af, of nee, misschien slaat hij daarvoor juist op de vlucht ... wat moet ik doen, wat moet ik doen?
Harry roept oma, maar uit zijn keel komt alleen maar een schor geluid dat oma natuurlijk niet ge-

hoord heeft, dus wat nu?
Hij moet schreeuwen, zó hard dat zelfs de tent ervan zal schrikken. Nee, niet schreeuwen, en geen zaklamp aan, het moet zo donker mogelijk blijven. Vanuit het diepste in de keel van het monster klinkt gekef, geblaf en gefluit, alles tegelijk.
En door alle paniek moet Harry plotseling ook nog ontzettend nodig plassen. Wat nu, ik kan toch niet in mijn bed plassen? Een jongen met spierballen die tijdens het kamperen in zijn slaapzak plast ... nee, dat mag niet gebeuren!
Harry heeft nu een nieuw probleem erbij. Dat van het monster is nog niet eens opgelost. De zaklamp trilt in zijn handen en Harry's hele lichaam trilt mee. Hij moet nu een beslissing nemen! Dat is echt wel vreselijk moeilijk als je weet dat buiten een monster rondsluipt, en oma door alles heen slaapt. Maar nu kan hij geen minuut langer meer wachten.

5. Harry's nieuwe probleem

Nog altijd in het donker probeert Harry helemaal overeind te komen. Na veel moeite staat hij rechtop en hij ademt in, luistert naar de geluiden, ademt weer uit.

'Sjedoeledol sjedoeledol trutrutitu,' hoort hij in de verte roepen. Dat zou een vogeltje kunnen zijn, maar vogels zingen niet 's nachts. Hij weet wel dat uilen en vleermuizen dan rondvliegen. Maar die maken geen lawaai, denkt hij.

Het monster, daar is hij nu achtergekomen, verandert van vorm en van geluid. Dat is dubbel zo gevaarlijk: je denkt een vriend te ontmoeten en het is een vijand. En als je denkt dat het een vijand is en je slaat hem morsdood, blijkt hij je vriend te zijn. Het is nu écht tijd om oma erbij te halen, want zijn hele lichaam doet pijn van het inhouden van zijn plas.

Harry ritst de scheiding in de tent open, terwijl hij de zaklamp in zijn andere hand vasthoudt. In de andere hoek van de bolhoed, achter de scheidingswand, ligt oma. Hij kan niet kloppen op het zeil, zoals je op een deur zou kloppen. Dat vindt hij in deze situatie nogal vervelend. Hij denkt dat zijn stem het nog altijd niet doet, maar hij probeert het toch maar.

'Oma, oma!' Dat klinkt hard genoeg, maar oma

blijft onbeweeglijk liggen. Ze zal toch niet ...? Gespannen luistert Harry of ze ademt. Dat is zo, maar haar ademhaling gaat heel stilletjes, deze keer geen rrr ... rrr's ertussendoor.
'Oma, omaaa, wakker worden!!!'
Ze blijft gewoon doorslapen, hoe kan dat nou? Harry schijnt met zijn zaklamp heen en weer over haar gezicht. Het enige wat ze doet, is naar het licht slaan, alsof ze een vlieg verjaagt.
Nog één minuut langer en Harry moet zich zijn hele leven lang te pletter schamen, omdat hij in zijn broek geplast heeft ...
Hij brult keihard: 'Omáá!!!' en hij schudt daarbij krachtig aan haar arm.
Gelukkig, dat helpt, ze schokt overeind en staart verbaasd in het licht van Harry's zaklamp.
'Jongen, jongen, wat laat je me schrikken!'
'Ik moet plassen, ik moet plassen,' giert Harry terwijl hij van het ene been op het andere wipt.
'O, is dát het maar ...' Oma kronkelt uit haar slaapzak, komt steunend overeind en wankelt naar de tentdeur.
'Kom dan,' zegt ze slaperig, 'geef mij de zaklamp maar.'
Harry geeft de lamp aan oma en wacht totdat zij als eerste naar buiten gaat.
Harry wil oma vertellen van het monster, maar hij is bang dat ze hem zal uitlachen. Hij staat nog steeds in de tent, terwijl oma al buiten in het donker is.
'Oma, je moet oppassen!' roept hij naar haar, na

lang aarzelen.
In een sprong is hij uit de tent. Hij ziet nog net haar witte benen in het donker verdwijnen.
'Ik zal niet struikelen,' roept oma terug. Het lijkt erop alsof ze al heel ver van hem verwijderd is.
'Oma, wacht op mij!'
Ze is verdwenen, ze is opgeslokt door het monster. Nu is hij helemaal alleen, helemaal in de macht van het beest. Een hand drukt plotseling op zijn schouder. Hij kan het niet helpen, hij gilt het uit.
'Wat is er, jongen?' vraagt oma bezorgd.
Harry ademt heel diep. 'Blijf je bij mij, terwijl ik ga plassen?'
'Natuurlijk, ga daar maar staan, dan schijn ik precies op de goede plek. Ik was even gaan controleren of er geen slang of ander beest onder de bladeren verscholen zat. Doe maar rustig aan.'
Oma zet een stapje opzij en Harry volgt de lichtstraal tot aan de aangewezen plek.
'Praat tegen me, oma, vertel eens iets!'
'Wist je, Harry, dat de dieren 's nachts uit hun holen tevoorschijn komen? Sommige, zoals jonge vosjes, om met elkaar te spelen. Andere, zoals de das en de marter, om naar voedsel te zoeken. De uil zoekt muizen en de vleermuis zoekt fruit en allemaal maken ze hun eigen geluiden. En door al die geluiden is het net alsof het bos 's nachts diep en dreigend leeft.' Harry is klaar, hij voelt zich opgelucht. Nog altijd vindt hij het donker reuze eng, maar het is veel minder erg nu hij de stem van oma hoort. Ook het monster is ervoor op de vlucht

geslagen.
Samen lopen ze weer naar de bolhoed. Oma ritst de deur dicht en loopt mee tot aan Harry's bed, waar ze op haar knieën zakt om hem extra goed in te stoppen. 'Want de nachten in een bos zijn kil,' legt ze uit. Ze legt haar hand op zijn nog altijd verhitte voorhoofd en streelt over zijn wangen. Haar glimlach licht op in het witte schijnsel van de zaklamp. Harry moet denken aan de cyperse kater uit *Alice in wonderland*. Alice zag alleen die grote rij tanden en verder niets. Zo is het een beetje met de glimlach van oma. Dat vindt hij, na alle angst die hij heeft gehad, een grappige gedachte.
Gerustgesteld luistert hij naar oma's gerommel tot die in haar eigen slaapzak ligt, waarna het weer stil wordt in de tent.
Buiten zijn de geluiden uit het bos weer helemaal teruggekomen, maar nu houden ze Harry niet meer wakker.

Vele uren later hoort hij een stem die van heel ver lijkt te komen:
'Harry, Harry, tijd voor het ontbijt! Het is schitterend weer, de zon schijnt, hoor je de vogels fluiten?'

6. De bolhoed stijgt op

Oma bekijkt Harry hoofdschuddend van dichtbij.
'Tss ... je hebt te weinig geslapen vannacht, je hebt rode ogen, jongetje,' mompelt ze.
'Is dat erg?' vraagt Harry ongerust.
'Welnee,' lacht oma geruststellend, 'vanavond ga je gewoon vroeg naar bed, meer is er niet aan de hand.'
'Ik hoef toch niet vroeg naar bed als ik kampeer?!'
'Als je van die rode ogen af wilt ...'
'Witte konijnen hebben ook rode ogen, en die gaan ook niet vroeg naar bed.'
Harry is vastbesloten een week lang te doen waar hij zelf zin in heeft.

Na het ontbijt ruimen oma en Harry alles op, de inhoud van de bolhoed wordt helemaal leeggehaald. Harry heeft de pinnen uit de grond getrokken en netjes opgeborgen. De touwen die om de pinnen heen zaten, blijven aan de bolhoed vasthangen.
'Ga jij daar verderop maar staan,' zegt oma terwijl ze in de verte wijst.
Ze houdt in haar handen een boekje vast waar ze aandachtig in leest. Harry vindt het niet het geschikte moment om boekjes te lezen, maar hij begrijpt dat hij beter niets kan zeggen. Pas na een tijdje snapt hij dat het niet zomaar een boekje is. Er

staat in wat oma moet doen om haar bolhoedtent weer tot een piepklein pakketje om te toveren. Oma knikt begrijpend en mompelt en fluistert en struikelt om de bolhoed heen. Harry wacht gespannen af hoe zijn oma het voor elkaar zal krijgen om de tent weer tot een minipakketje in te pakken. Plotseling klapt oma het boekje dicht en geeft het aan hem.
'Hier, hou jij dat even voor me vast, nog een beetje verder weg gaan staan, jongen.'
'Waarom moet dat?'
Oma kijkt opeens bezorgd.
'Voor de luchtdruk. De tent zal leeglopen en liters lucht onder hoge druk uitspuwen. Daar moeten we dus volgens het boekje voor oppassen.'
Harry knikt, maar heeft er geen sikkepit van begrepen. Als het maar niet weer ontzettend lang duurt, hij verlangt naar zijn riviertje.
'Joehoe, ik heb het gevonden!' roept oma. Ze trekt aan iets wat eruitziet als de tong van een hond.
Harry kan zijn nieuwsgierigheid niet bedwingen en zet een paar stappen dichterbij. Oma ziet het niet, want ze is te druk bezig met de hondentong, alleen de bolhoedtent beweegt niet.
'Ik moet toch zeker aan deze rode tong trekken?' hijgt oma. Ze doet dat verschillende keren achter elkaar, tot de bolle bovenkant van de tent zachtjes begint te rimpelen.
'Eindelijk,' verzucht oma opgelucht.
Harry hoort een gorgelend geluidje, zoals een waterbak die leegloopt. Hij zet opnieuw een paar passen

dichterbij. Oma lacht tevreden en klapt in haar handen. 'Hoe simpel, hoe ongelofelijk eenvoudig werkt deze bolhoedtent, mijn vriend is een genie!'
En dan gebeurt het, de tent begint te hikken alsof hij zich verslikt heeft. Harry voelt zich op een gekke manier superlicht worden, alsof hij ineens helemaal van de grond loskomt. Hij komt ook echt van de grond los, daar hoeft niet aan getwijfeld te worden. Voordat hij het weet, ligt hij in een rare kronkel boven op de bolhoed. Die stijgt met kleine schokjes op, en nu pas heeft oma het door. De tent zweeft omhoog, met haar liefste kleinzoon Harry erbovenop als versiering.
'Oma!' roept Harry met een stem die net zo klinkt als de gorgelende tent. Oma wordt kleiner en kleiner en hij ziet nog hoe ze wanhopig met haar armen zwaait. Dan komt er een schok, en nog ééntje. Harry voelt allerlei gekriebel in zijn gezicht. Hij hangt met de tent in een boomtop, de luchtreis is afgelopen. Harry beseft dat hij iets moet doen om weer beneden te komen, hij schuift wat op tot hij met beide handen een tak kan vastgrijpen. Binnen een paar minuten staat hij weer met beide voeten op de grond.
'O, mijn jongen, o, mijn jongen!' jammert oma zonder ophouden. 'Zit alles bij jou er nog aan, heb je geen botten gebroken?'
Ze onderzoekt Harry zorgvuldig totdat ze helemaal gerustgesteld is.
'Ik had aan een andere tong moeten trekken, de blauwe in plaats van de rode. Wat vervelend ... wat

onvoorstelbaar vervelend! Hoe krijgen we onze bolhoed nou weer naar beneden?'
Harry heeft ook geen idee, maar hij wil niet dat zijn kampeervakantie nu al ophoudt. Dus zoekt hij met oma ijverig mee naar een oplossing.
'De uitvinder van de tent opbellen,' oppert hij.
'Dat duurt veel te lang, die moet helemaal uit Nederland komen.'
'Oma, wij wonen toch in België?'
'Maar die uitvinder niet, die woont in Nederland ... we kunnen misschien de brandweer bellen.'
'Ja, cool, de brandweer!' Dit vindt Harry een superbest idee.
'Tja,' zegt oma, en dan nog eens: 'Tja ...'
Ze blijft stil nadenken, terwijl Harry rondrent en 'Toehoetoehoetoehoe!' schreeuwt. Hij zal aan de brandweerbaas vragen of hij mee omhoog mag op de schuifladder. Dan moet oma daar een mooie actiefoto van maken, die hij na de vakantie meeneemt naar school. Dat zou fantastisch zijn: het avontuur van het bolhoedluchtschip én hij met de brandweerman, als ze de bolhoed samen uit de bomen halen. Niemand zal het geloven totdat ze allemaal de foto hebben gezien.

7. Oma in de boom

'Harry, kom eens hier!' roept oma.
'Toehoetoehoetoehoe!' gilt Harry, terwijl hij naar haar toe draaft.
'Harry, ik heb nog een beter idee, want die brandweer wordt zo'n gedoe. Eerst moet ik hen opbellen en het hele verhaal uitleggen, daarna moeten we wachten totdat ze hier aankomen, en wie weet wanneer dat is. Hoe vinden ze ons zomaar midden in een groot bos? Intussen gaat er weer een vakantiedag voorbij, snap je?'
'Maar de brandweer is juist superspannend, oma, dat is ons avontuur!'
'Ja, dat begrijp ik wel, maar ik wil opschieten. Hoe langer die tent daar in de boom hangt, hoe meer er van alles mee kan gebeuren ... scheuren en zo, dat zou eeuwig zonde zijn.'
'Wat kunnen we dan doen?'
'Jij,' zegt oma.
'Ikke?' Harry wordt vuurrood.
'Durf je in de boom te klimmen? Je kon er eigenlijk heel gemakkelijk uit, niet?'
Harry staart omhoog. Toen hij daarboven zat, had hij geen andere keuze dan naar beneden te gaan.
'Jij hebt toch spierballen, of niet?'
Ja die heeft hij, maar, maar ...
'Misschien willen papa en mama niet dat ik in zo'n

hoge boom klim,' stottert hij.
'Daar heb ik niet aan gedacht, maar je hebt gelijk, dat mag ik je natuurlijk niet laten doen. Weet je wat, ik probeer het zelf. Als kind deed ik niets anders dan in bomen klimmen. Alleen die eerste tak is te hoog, daar moet ik iets op verzinnen.'
Oma speurt de omgeving af en loopt vervolgens rustig naar de auto.
Wat gaat ze nu doen, gaat ze ervandoor, laat ze me hier zomaar in de wildernis achter?
Oma! wil Harry schreeuwen. Maar uiteindelijk begrijpt hij best dat zijn oma hem nooit in een bos zou achterlaten.
Ze stapt haar auto in en start. De auto weigert, ze start opnieuw, de auto weigert nog, ze start een derde keer. Bij de vierde keer gehoorzaamt hij eindelijk en komt hij schokkend in beweging. Oma draait de auto om en komt langzaam tot vlak bij de boom gereden. Daar stopt ze, ze zet de auto stil en stapt uit.
'Als ik uit de boom val, moet je met mijn mobieltje naar de hulpdienst bellen, dat doe je zo ...' En oma laat Harry zien hoe hij moet bellen in een noodgeval. 'Maar er zal niets gebeuren, trek niet zo'n ongelukkig gezicht, het is een gemakkelijke boom. En lukt het daarboven niet, en krijg ik onze dierbare bolhoed niet los, dan kunnen we altijd de brandweer nog bellen. Dat is onze allerlaatste kans, afgesproken?'
'Afgesproken,' zegt Harry met kriebeltjes in zijn buik. Hij vindt het spannend en supereng tegelijk.

Maar hij kan zich niet voorstellen dat zijn oma uit de boom valt, daarvoor is ze veel te stoer.
Oma stopt het boekje met uitleg in de achterzak van haar broek. Ze hijst zich op de motorkap van de auto en vandaar klimt ze verder op het dak.
Zie je wel, ze kan net bij die ene laaghangende tak en zwiert eromheen! Ze hangt een beetje raar voorovergebogen, maar ze houdt zich stevig vast. Het lijkt alsof ze al flink moet uitrusten, maar haar gezicht staat opgewekt. Harry kan zien dat ze het geweldig vindt om in bomen te klimmen.
Ik mag niet vergeten om dit volgende week aan mama en papa te vertellen, denkt hij.
Oma zoekt de juiste houding om van de eerste tak naar de tweede, van de tweede naar de derde en zo verder omhoog te klimmen. Totdat ze eindelijk bij de tent belandt. Harry kan haar niet meer zien, maar ze roept naar hem dat alles oké is, en dan is het een tijdlang doodstil. Zo lang, dat Harry opnieuw ongerust wordt.
'Oma, ben je er nog?' Een gekke vraag natuurlijk, als ze daar niet was, waar dan wel? Harry drentelt wat heen en weer, hij krijgt een stijve nek van het omhoog staren.
'Ik heb hem te pakken!' hoort hij oma eindelijk roepen. Er klinkt een onheilspellend gesis uit de boom, zo sterk, dat het lijkt alsof er duizend slangen tegelijk hun bek opendoen.
'Opletten, Harry,' gilt oma, 'ik gooi de tent naar beneden. Het is gelukt, het is me gelukt!'
Harry loopt een paar stappen naar achteren om te

zien waar het pakje terechtkomt. En daar is het al, woesj, recht voor zijn voeten. Harry raapt het op en bekijkt het met verbaasde ogen. Dat hun grote bolhoedtent zo'n ongelofelijk piepklein pakketje kan worden. Maar nu moet hij op oma blijven letten!
Er dwarrelen takjes en blaadjes naar beneden en af en toe ziet Harry delen van oma's lichaam: een voet die steun zoekt op een dikke tak, een hand die de bladeren geduldig wegduwt, haar dat flink in de war zit en heen en weer zwiert, een heup die opeens een rare beweging maakt, een slingerend been, een zwaaiende arm.
'Goed zo, oma!' roept Harry haar een paar keer toe. Dat doen ze ook bij hardlopers en voetballers om aan te moedigen, weet hij. 'Jáhá, oma, nog een paar takken en je hebt het gered!'
Als ze uiteindelijk op het dak van de auto belandt, staat hij te springen van vreugde en trots. Van het dak glijdt oma voorzichtig op de motorkap en van de motorkap op de grond. Ze klopt wolkjes stof en bladeren van haar kleren en zucht, hoogrood van de inspanning:
'Poehpoeh, en nu snel naar jouw riviertje toe!'

8. Eindelijk op de goede plek

Oma zet haar auto op een veilige plek, boven aan het steile weggetje, waar ze gisteren al waren. Van het riviertje is nog helemaal niets te zien.
'Moeten we nog zó ver lopen, oma?'
'Ja, jongen, zó ver.'
'Waarom rijden we niet tot vlak bij de rivier?'
'Dat weet je toch ... om bij gevaar supersnel met de auto weg te kunnen.'
'Gevaar?'
'Jaja, je weet maar nooit.'
'Maar we moeten wel een eind lopen om bij de auto te komen.'
'Dat is zo, jongen, en toch kunnen we sneller weggaan op deze manier. Je weet het, dat weggetje naar beneden deugt niet voor de auto. Dat heb ik je gisteren al uitgelegd.'
Harry knikt opgewekt, hij vindt het allemaal geweldig en avontuurlijk, en best eng ook, soms tenminste. Oma laadt de kofferbak van de auto uit en Harry helpt ijverig mee om de kampeerspullen tot bij het riviertje te sjouwen. Ze moeten een paar keer heen en weer lopen. Oma kan hem maar met moeite bijbenen, want Harry is veel sneller met zijn jonge benen.

De bolhoed staat weer in een wip overeind. Oma

begint met alles een plaats te geven: bedjes, slaapzakken, tafeltje en stoelen, keukengerei, de kleren en een strandstoel.
'We blijven hier de hele vakantie, tot we weer naar huis gaan,' zucht oma.
'Mag ik nu weg?' vraagt Harry.
'Maar niet té ver.'
Dat hoort Harry niet meer, hij spurt meteen naar het riviertje toe. Daar gooit hij zijn sandalen uit en ploetert door het glinsterende water. Het bos rondom hem wuift, fluistert en kraakt, maar overdag klinkt dat anders dan 's nachts. Hij let er niet op, hij is er niet bang voor. Af en toe kijkt hij achterom, de bolhoedtent staat er gelukkig nog steeds! Zijn oma rust in de strandstoel en leest een boek.
De vakantie is nu eindelijk écht begonnen.

Harry springt handig over de stenen in het riviertje. Het water kriebelt aan zijn voeten. Hij fantaseert dat zijn vliegtuig is neergestort in het oerwoud. Hij is de enige overlevende en moet hulp zoeken.
'Au, au,' kreunt hij, want zijn been is natuurlijk gebroken door die gigantisch hoge val. Hij heeft een stok gevonden en daar steunt hij op. Als hij de rivier volgt, komt hij vanzelf uit in de bewoonde wereld. Hij is slim en dapper, en dat hij nog leeft, is wonderbaarlijk. Het zal in alle kranten van de hele wereld komen: *Jongen van zeven jaar overleeft vliegtuigramp*.
Zijn kleren zijn gescheurd en zijn hoofd bloedt, maar dat kan hem niet tegenhouden. Af en toe slaat

hij met zijn stok in het water om de hongerige krokodillen te verjagen. Die hebben zijn bloed geroken en hebben zin in een lekker brokje vlees, maar dat gunt hij hun niet. 'Woesj, wegwezen!' roept hij dapper. Af en toe moet hij ook uitrusten, want de tocht is gevaarlijk en kan nog dagenlang duren. Dan zoekt hij een rustplekje aan de waterkant, waar de zonnestralen nog net bij kunnen. Die verwarmen zijn verkleumde ledematen. Hij begint te snikken van ellende, maar hij mag nu niet opgeven als enige overlevende van de verschrikkelijke ramp.
'Ik moet verder,' hijgt hij. 'Ik mag niet in slaap vallen, dan is het met me gedaan.'
Harry duwt zich overeind en stapt weer in de rivier. Met zijn stok slaat hij naar de krokodillen. De rivier kronkelt verder en verder, bomen en struiken groeien hier wild en dicht op elkaar. Het bos wordt donkerder en geheimzinniger.
Met een schok staat Harry stil en langzaam ontwaakt hij uit zijn fantasie. Hevig geschrokken kijkt hij achterom, de kampeerplek is verdwenen! Het geritsel en het gekraak van het bos klinken hier ook totaal anders. Zijn hart slaat enkele keren over als hij tussen de bomen, halverwege de heuvel, een gestalte opmerkt. Nu pas voelt hij hoe ijskoud zijn voeten zijn. Zijn sandalen heeft hij niet meer aan, die liggen op de plek waar hij in het riviertje is gelopen. Bij de tent, bij oma, bij alles wat vertrouwd is. Hij moet op zijn blote voeten van het gevaar wegrennen, op zijn blote voeten en dat doet pijn! Maar Harry staat nog altijd roerloos in het water en staart

naar de gestalte die voor zijn ogen weer verdwijnt. Toch heeft hij overduidelijk gezien dat er IETS tussen de bomen heeft bewogen. Zie je wel, daar komt het ding opnieuw tevoorschijn! Het fladdert, vliegt op, daalt ineens weer. Als hij scherp en aandachtig blijft kijken, ziet hij plotseling wat het is. Een hele lange jurk die beweegt in de wind. In die jurk zit een vrouw met blote armen en lange haren, die ook meebewegen met de wind. Het is oma niet!
'Koekoe!' roept de vrouw. Zij staat nu ook stil en kijkt naar Harry die geschrokken naar haar kijkt.
'Koekoe!' herhaalt ze.
De vrouw daalt langzaam de heuvel af en komt naar Harry toe. Hij weet nu wie zij is, zijn hart staat er bijna stil van. Het is een heks, een bosheks. Van ver lijkt ze beeldschoon, maar van dichtbij heeft ze waarschijnlijk een gezicht dat zwart ziet van de toverkunst.
De bosheks spreekt hem aan in het Frans, dat heel wat ingewikkelder klinkt dan haar koekoe-geroep, hij begrijpt er niets van. Ze staat nu vlak bij hem en wijst naar zijn voeten die blauw zijn van de kou. Harry staart haar de hele tijd aan zonder weg te kijken, want dat mag hij absoluut niet doen. Als hij zwak is, zal ze hem betoveren, laat haar maar praten. Maar van dichtbij is ze beeldschoon. Haar gezicht ziet helemaal niet zwart van de toverkunst, haar gezicht is rozig en jong. Ze lijkt op mama's jongste zusje en die is achttien, dat weet hij. Hij dacht dat bosheksen afschuwelijk lelijke vrouwen waren, omdat ze rondreden op padden. Maar juist

omdat deze heks zo mooi en vriendelijk is, is ze ongetwijfeld levensgevaarlijk. Harry haalt diep adem, draait zich razendsnel om en zet het op een rennen. Heel moeilijk, ongelofelijk moeilijk is het rennen op blote voeten. Hij glibbert uit, een paar keer valt hij voorover, maar hij moet in beweging blijven. Zolang hij in beweging blijft, kan ze hem niet betoveren. Het is vervelend dat hij niet kan zien wat achter hem allemaal gebeurt. Hij kan zijn eigen rug niet eens verdedigen. Maar ondanks zijn blote voeten gaat hij goed vooruit en na een bocht in de rivier ziet hij in de verte de kampeerplek. Oef, eindelijk, hij heeft het gehaald! Oma zit nog altijd in de strandstoel. Haar armen hangen onbeweeglijk naast haar, in het zand ligt haar boek. Nu rent hij nog sneller en buiten adem springt hij uit het riviertje. Zijn sandalen liggen op hem te wachten, maar hij rent ze superhard voorbij. Hijgend staat hij stil en verwilderd kijkt hij naar zijn oma. Haar mond hangt halfopen, haar haren zijn verward en plakken tegen haar voorhoofd. Gelukkig, ze ademt! Opgelucht gaat Harry naast haar zitten en daarna gaat hij languit in het zand liggen, dat voelt lekker warm aan. Van het harde rennen zijn zijn voeten helemaal ontdooid. Ze leven weer en hebben een normale kleur gekregen. Maar één ding durft Harry niet te doen: kijken of de bosheks hem is gevolgd.

······

9. De bosheks op bezoek

Harry staart naar de lucht boven hem, die is hemelsblauw, zonder een enkel wolkje. Een klein zilveren insect trekt een dunne witte pluim in de lucht. Dat insect is een vliegtuig en daar zitten mensen in. Misschien kijken zij op hetzelfde moment naar beneden. Maar hem, Harry, kunnen ze niet zien. Zelfs niet met een sterke verrekijker. Hij hoort nu het stille geronk dat bij het vliegtuig hoort. Maar het vliegtuig zelf, het dunne, zilveren insect, is allang verdwenen. De witte pluim waaiert uit en vormt wolkjes. En nog hogerop, véél hogerop, is een ruimte waar wel een miljard werelden in passen, zo groot. Door naar die onzichtbare ruimte te turen, wordt Harry slaperig. Zijn ogen vallen langzaam dicht, hij wil nog wakker blijven, maar het lukt niet. Binnen een paar minuten ligt ook Harry zachtjes te snurken, net als zijn oma, rrr ... rrr ... rrr ...

Veel later wordt Harry wakker van Franssprekende stemmen. Eén stem is zeker die van oma, maar ook de andere stem, van een vrouw, heeft hij ooit ergens gehoord. Alleen moet hij goed nadenken waar en wanneer. Zijn ogen zijn nog altijd gesloten, hij heeft nog geen zin om er weer helemaal bij te zijn. Zeker niet nu zijn oma gezelschap heeft, laat ze maar denken dat hij nog slaapt. Niet knipperen met zijn ogen, dan verraadt hij zich. Hij draait zijn hoofd weg van het geluid, zodat oma zijn slapende ogen, die niet echt slapen, niet meer ziet. Oma lacht vaak en de stem van de onbekende ratelt maar door, soms lacht ze ook. Harry wordt ijskoud en daarna ontzettend warm, hij heeft de stem herkend! Het is die van de bosheks! Hij knippert nu razendsnel met zijn ogen, maar dat geeft niet, want oma ziet hem toch niet. Ook de heks kan hem niet zien, bovendien heeft ze het te druk met praten. Zou oma soms ook heksenbloed hebben? Dat komt namelijk in de beste families voor. Heksen zijn van alle tijden en van overal, heeft zijn papa eens verteld. Harry moet terugdenken aan oma, zoals ze hoog in de boom klom en er zonder hoogtevrees ook weer uit kon. Bosheksen hoeven niet altijd boosaardig te zijn zoals de heks uit Sneeuwwitje, die natuurlijk niet echt in een bos woonde. Bosheksen, heeft papa ooit gezegd, zijn supergoed in het verzamelen van kruiden en eetbare paddenstoelen. Waar bosheksen zijn, zal nooit brand uitbreken, ze beschermen ook de dieren, zodat ze niet neergeschoten worden door de jagers. Harry zucht diep en lang als hij hierover nadenkt. Het gesprek naast hem houdt meteen op.

'Harry, ben je wakker?'

Met tegenzin gaat hij rechtop zitten. Zijn hals, zijn rug, zijn haren, zijn handen, zijn hele lichaam knarst van het zand. Hij wrijft in zijn ogen, staat uiteindelijk op en wandelt naar oma toe. Hij doet net alsof de bosheks niet aanwezig is.

'Harry,' zegt oma, 'dit is Auranne, zeg je haar even vriendelijk gedag?'
Harry kijkt, omdat het moet, Auranne aan. Ze is sinds hun ontmoeting nóg mooier geworden. In haar donkerbruine haren glinsteren blaadjes van bosvarens en rond haar hals kronkelt een koperkleurige ketting in de vorm van een hagedis. Haar lange jurk in groen, oranje en blauw geurt naar mos en vochtige aarde. Ze is gebruind door de zon en naast haar staat een mand die hij daarstraks niet heeft opgemerkt.
'Koekoe,' zegt Harry snel terwijl hij haar recht aankijkt. Zijn ogen dwingen haar om zich rustig te houden. Zelfs met oma erbij is het beter om bijzonder voorzichtig te zijn. Hij weet maar al te goed dat er in een bos veel wilde wezens wonen met kwade bedoelingen.
'Wat komt zij hier doen?' vraagt hij ongerust aan oma.
'Je bent daarstraks ver in het bos geweest, of niet soms?'
Harry knikt. Maar hij is ook teruggekomen, niets aan de hand dus.
'Die mevrouw, Auranne, zag je daar héél alleen als kleine jongen rondlopen, en is naar zijn ouders op zoek gegaan.'
Kleine jongen ... Harry fronst zijn voorhoofd, maar zegt niets.
'Toen vond ze ons hier, we waren allebei in slaap gevallen. Aardig hè, ze is heel erg opgelucht dat ze ons gevonden heeft. Ik heb haar uitgenodigd voor

het eten, daarna brengen we haar weg.'
'Maar ze woont in het bos,' sputtert Harry tegen.
'Hoezo, ze woont in het bos?'
'Ze is een bosheks.'
Oma kijkt Harry ongelovig aan en hij ziet hoe haar mond zich langzaam in een glimlach plooit. Daar krijgt hij de kriebels van, met een knalrood hoofd staart hij naar de grond.
'Ze woont in het dorpje aan de andere kant van het bos. En ze schrok toen ze je daar zo helemaal alleen zag ronddwalen. Dat mag je niet meer doen, niet meer zo ver.'
Harry knikt met gebogen hoofd en tekent met zijn tenen kringetjes in het zand.
'Kom, kom,' zegt oma lachend, 'zo erg is het nu ook weer niet.'
Terwijl zij en Auranne voor het eten zorgen, loopt Harry mokkend naar het riviertje. Daar liggen zijn sandalen nog altijd. Hij gaat zitten en kijkt naar het vrolijk opspringende water. Grijzige visjes schuiven kronkelend over de bodem en happen naar de vlekjes zon. Langzaam komt Harry weer tot rust, maar in zijn hart blijft hij geloven dat Auranne een bosheks is. Ze is veel té mooi om zomaar een gewoon mens te zijn.

Voor de tent zitten oma, Auranne en Harry. Het is de hele dag drukkend warm geweest, nu is het bijna donker.
Oma heeft overal kaarsen neergezet, waardoor schaduwen volop bewegen. De motten dansen weer zor-

geloos naar de vlammen toe. Met half toegeknepen ogen kijkt Harry naar de schaduwen, die steeds van vorm veranderen. Soms lijkt het alsof het mensen zijn, soms lijken het dieren. Soms zitten de mensen achter de dieren aan en soms is het net andersom, dan zitten de dieren achter de mensen aan.
Het wordt donkerder en donkerder, oma en Auranne praten en lachen en denken er geen moment aan dat het al laat wordt. Dat vindt Harry heerlijk; hij hoort er echt bij. Ze beschouwen hem niet meer als een kleine jongen. Nog maar net heeft Harry dit bedacht, of oma slaakt een kreetje.
'Wat, is het al tien uur geweest?'
De twee vrouwen beginnen met opruimen, daarna sluit oma de tent. Auranne geeft Harry een hand en samen met oma klimmen ze het weggetje op naar de auto. Na wat geharrewar met het starten schokt de auto naar voren en daar gaat hij. Auranne wijst hoe oma moet rijden. Er zijn veel hobbels in de weg die Harry door elkaar schudden, zijn tanden klapperen.
In de auto is het stil, de raampjes staan open. Harry ruikt de nacht. Hij weet nu al dat hij deze rit nooit van zijn leven meer zal vergeten. Hij staart naar de witte hals van de bosheks. De prachtige hagedis om haar hals is in slaap gevallen.

Als ze bij Aurannes huis zijn, vraagt ze hun nog even te blijven. Laat? Het is toch vakantie!
Ze geeft les in de dorpsschool en verzamelt in haar vrije tijd planten en kruiden. Dat legt oma fluiste-

rend uit aan Harry. Zie je wel, kruiden verzamelen, ze is de bosheks en ze heeft ervoor gezorgd dat ik niet kon verdwalen, denkt Harry. Zijn hart bonst van droevige vreugde.
Je kunt maar één keer in je leven iemand als Auranne ontmoeten.
Terwijl hij hierover verder droomt en oma praat en praat en praat met Auranne, en de kat Melanie op Harry's schoot is gesprongen, zinkt hij weg in een diepe slaap. Hij wordt niet eens wakker als hij een uur later in zijn eigen slaapzak neergelegd wordt.

10. Donder en bliksem

Opeens schrikt Harry wakker, hij is doorweekt van het zweet. Hij droomde van een everzwijn dat zo groot en sterk was als een stier. Het everzwijn had bloeddoorlopen ogen en uit zijn neusgaten kwam stoom. Het zwijn vernielde alles wat het op zijn weg tegenkwam. Het vertrapte tere struikjes, wilde kruiden, paddenstoelen, slakken, veldmuizen, mieren en adders. Auranne, de bosheks, sprong voor het monster en zwaaide met haar toverstaf. Maar de kracht daarvan was niet sterk genoeg. Het everzwijn liep Auranne omver, vertrapte ook haar en vervolgde zijn weg, recht naar oma's bolhoedtent. Het gedreun van zijn kolossale hoeven werd harder, het klonk als een rollende donder. Op dat moment schoot Harry wakker, met een bonzend hart en kletsnat van het zweet.

Het duurt even voordat Harry de vreselijke beelden van de droom kan verjagen. In de verte klinkt nog het angstaanjagende donderen uit zijn droom. Maar dan beseft Harry dat het donderen écht is. De tent wordt verlicht door bliksemschichten en het begint opeens stevig te waaien.
Harry heeft nog nooit een onweer meegemaakt terwijl hij kampeert. Hebben ze de pinnen wel diep genoeg in de grond geslagen? Zal de tent niet weg-

vliegen, zoals gisteren? Is het veilig onder hun zeil? In oma's deel is het nog rustig, hij hoort haar diepe ademhaling tussen twee donderslagen in.
Zolang ze niet vanzelf wakker schrikt, laat hij haar doorslapen. Ja, denkt Harry, een klein jongetje zou haar wakker maken, maar ik niet; ik heb spierballen.
Het is zo vreselijk warm en drukkend dat Harry uit zijn slaapzak kruipt en erbovenop gaat liggen.
Het waaien wordt heviger, het onweer komt dichterbij, en het zeil van de bolhoed begint wild te flapperen. Door al dat geraas kan Harry zijn eigen gedachten niet meer volgen. De bliksem verlicht de tent keer op keer. Harry knijpt zijn ogen dicht – straks wordt hij blind! De donder rommelt en kraakt zonder ophouden.
De vosjes zullen nu niet met elkaar buiten spelen in de nacht. Opeengepakt zitten ze in hun hol, ze piepen zachtjes en kruipen dicht tegen hun moeder aan. Plotseling mist Harry zijn eigen moeder en vader en zijn knuffelbeest. Als hij thuis 's nachts bang is van een droom of een onweer, sluipt hij zachtjes naar het bed van zijn ouders. Heel stilletjes kruipt hij dan tussen hen in. Slapend maken ze plaats voor hem en geven hem dat hele veilige gevoel. Daar liggen ze met hun drieën, het onweer doet hun niets, ze hebben elkaar. Harry wil nu heel graag thuis zijn, veilig in dat bed. Hij begint te piepen, net alsof hij een vosje is. Maar het onweer wordt er niet minder van, de ene knal volgt de andere op. Snikkend probeert Harry zich toch nog voor te stellen hoe dat in zijn werk gaat. Bijvoorbeeld dat onweerswolken

ijzeren randen hebben die woest tegen elkaar knallen, zoals dat bij botsauto's gebeurt. Harry wordt weer de kleine jongen die hij niet wil zijn.
Hoe snikheet het ook is, hij schuift weer de slaapzak in en trekt alles over zich heen. De vorige nacht verstopte hij zich voor het monster, deze nacht voor het onweer. Wil hij nog wel kamperen? Voordat hij deze vragen kan beantwoorden, begint de tent hevig te schudden, en het gekraak van de donder klinkt loeihard. In dat enorme lawaai voélt Harry plotseling dat er iemand bij hem is. Langzaam kruipt hij omhoog en steekt zijn verhitte hoofd uit de slaapzak. In het licht van de bliksem ziet hij wie het is. Had hij misschien gehoopt op Auranne, de bosheks?

'Wil je bij me komen liggen?' vraagt oma. Nee, ze róept het, boven het razen van het onweer uit. Harry kijkt haar aan, met grote ogen van de schrik. Oma's haren staan helemaal overeind, zoiets heeft hij nog niet gezien. Als het een ogenblik later weer donker wordt, kan hij die grappige opstaande haren nog altijd zien. Daar is een nieuwe bliksemschicht. Oma lijkt te groeien in het licht, een reusachtige gestalte buigt zich over hem heen.
'Kom, jongetje, kom bij me liggen.'
Ze tilt Harry op en draagt hem door de tent naar haar plekje. Oma steekt het gaslantaarntje aan om het licht van de bliksem minder dreigend te maken, minder griezelig.
Ze kruipen dicht tegen elkaar aan en Harry wordt

weer rustig.
'Ik kon ook niet slapen,' verzucht oma.
Harry kijkt eens goed naar haar en hij beseft dat ook zij bang is voor het onweer.
'We blijven wakker tot het voorbij is. Zal ik je ondertussen een verhaaltje vertellen?'
Harry knikt.

'In het hoge noorden leefde eens een boerenjongen, die zo ondeugend was tegen zijn ouders, dat een kabouter hem betoverde en hem even klein maakte als de kabouter zelf. De jongen vond dit in het begin wel grappig. Maar toen hij buitenkwam en de dieren, die hij als jongen geplaagd had en pijn had gedaan, hem zagen, wilden ze hem allemaal uit wraak verscheuren. Eén van hen, de hond, zei dat zijn ouders al verdrietig genoeg zouden zijn door hem zo klein te zien, ze konden hem dus beter met rust laten. Daarom jaagden ze hem van het erf af. Toen één van de ganzen van de boerderij een troep wilde ganzen voorbij zag vliegen, wilde deze gans met de troep mee en de jongen sprong op zijn rug. Zo reisde hij al vliegend met de ganzen het land door en beleefde vele avonturen.'
Oma's stem gaat voor een deel verloren in het gedruis van de regen. De wind giert en fluit, de tent beeft en siddert, maar het bliksemt veel minder en de krakende donderslagen worden minder.
'Ik ga kijken of alles nog waterdicht is,' zegt oma opeens, terwijl Harry had willen weten hoe het met de jongen verder afloopt.

Oma pakt de gaslantaarn op en stapt uit de slaaptent. Harry hoort haar rondlopen, spetterdespat ... wat een gevaarlijk geluid.
Het donderen is nu bijna helemaal opgehouden. Af en toe klinkt het nog als het gebrom van een oude opa.
Harry wil zien wat oma doet en waarom ze de hele tijd loopt te mompelen. In het middendeel van hun bolhoed voelt hij het al meteen. Zijn voeten staan in het water! Hij plonst oma achterna, maar ze is al naar buiten gelopen. In de lichtkring van de lantaarn ziet hij haar heen en weer bewegen.
'Oehoe,' zegt een uil, terwijl hij rakelings over Harry heen zweeft en geruisloos verdwijnt.
Wat doet oma daarbuiten? Het licht dat ze draagt, zigzagt in verschillende richtingen tegelijk. O, misschien wil ze plassen, of zoekt ze Auranne? Auranne die als goede bosheks is komen kijken of alles in orde is.
'Oma,' roept hij, 'oma?'

Als Harry oma gevonden heeft, is ze nog steeds op zoek naar een lek in de tent. Ze vouwt haar handen en daar moet Harry bovenop gaan staan. Hij houdt het gaslantaarntje vast dat meer licht geeft dan een gewone zaklamp en tuurt de hele bolhoed af. Van de bovenkant tot aan de zijkanten. Het water stroomt van buitenaf ergens naar binnen in de tent.
'Morgen scheppen we de hele middentent leeg. Gelukkig dat het water niet in onze slaapgedeeltes is gekomen,' zucht oma.

'Ja,' antwoordt Harry, 'dat is een geluk, maar heeft de uitvinder geen foutje gemaakt? Kan dat wel, water in de tent?' Hij vraagt het voorzichtig, hij wil oma niet kwetsen met haar vriend.

'Kind, met zo'n storm blijft niets waterdicht.'

'Maar dit is toch een speciale tent?'

'Jawel, en hij heeft het onweer bijzonder goed doorstaan, niet dan? Het water is langs de voordeur naar binnen gestroomd. Misschien heb ik de rits niet goed dichtgetrokken, maar het heeft gestortregend, vergeet dat niet.'

Harry zal het niet vergeten. Niets van deze vakantie zal hij vergeten. Ze zijn nog maar twee dagen weg, al lijkt het voor hem al honderd jaar, maar dat vindt hij juist fijn.

'Kom, we gaan weer naar binnen!'

Oma klinkt opeens weer opgewekt, zoals altijd nadat ze een probleem heeft opgelost.

'Mag ik bij jou blijven, oma?'

Oma tilt hem op en draagt hem naar binnen. Het is weer helemaal donker, het bos trilt nog wat na, maar Harry is er zeker van dat de vosjes al naar buiten gekomen zijn. Dat ze rondrennen en springen en van de plassen drinken. Blij ademen ze de frisse lucht in, het was behoorlijk eng in hun hol tijdens het onweer.

'Oma, wat gebeurde er nog allemaal met de jongen die zo klein als een kabouter werd?'

Als antwoord krijgt Harry alleen maar 'rrrr ... rrr ... rrr ...' te horen.

Hij fantaseert dan maar dat de tent een reddings-

boot is geworden, die langzaam wegdobbert op het water.
Oma, Auranne, hijzelf, de vosjes, twee uilen, enkele hagedissen, motten die hij zal afleren tegen de vlam te vliegen, zijn knuffelbeest, papa en mama, de jongen die kabouter werd en de gans, ze mogen allemaal mee in de boot. Dagenlang dobberen ze rond in het overstroomde gebied. De dieren maken kabaal, ze willen naar huis, iedereen wil naar huis en er ontstaat een vreselijke ruzie, totdat oma schreeuwt: 'Rustig, jullie daar, straks zinken we nog!'
Maar dit hoort Harry niet meer, want hij is in diepe slaap gevallen.

……

11. Harry's fort

Oma en Harry hebben veel te weinig geslapen de afgelopen nacht. Eerst was er het bezoek van bosheks Auranne en daarna het onweer met de overstroming. Wie zo'n nacht meemaakt, mag de volgende ochtend heel langzaam wakker worden. De zon schijnt al volop, de aarde dampt, en hier en daar vallen nog wat druppels van de blaadjes. Het riviertje stroomt vrolijk verder, de regen heeft het helemaal tot de rand gevuld.
Oma zorgt voor het ontbijt, terwijl Harry het water voorzichtig uit de tent schept.

Harry wil een fort bouwen aan de oever van de rivier. Hij zoekt stokken bij elkaar: dikke, dunne, lange, korte, zware en lichte. Allemaal stokken, daar is hij een hele tijd mee bezig.
'Harry,' roept oma, 'ik loop even naar de auto, ik heb mijn mobiel erin laten liggen. Jij blijft hier, ik ben zo terug.'
Harry knikt zonder dat hij echt geluisterd heeft. Hij heeft het nu te druk met zijn bouwproject. Verschillende keren moet hij van voor af aan beginnen, omdat het fort telkens weer instort. Tot hij een manier gevonden heeft om de stokken stevig neer te zetten en er dunne twijgjes doorheen te vlechten.
Hij hijgt van inspanning. Omdat hij zo druk bezig

is, merkt hij niet dat een paar ogen hem stiekem begluren. Het vreemde geritsel in het struikgewas hoort hij ook niet.
Het fort is nu zo groot, dat hij er rechtop in kan staan. Als de vijand komt, moet hij alarm slaan. Hij weet nog niet goed wie de vijand is. Zou het heks Auranne kunnen zijn? Hij schudt het hoofd; een heks die voor de dieren en het bos zorgt en bij oma op bezoek komt, kan geen vijand zijn. Wie dan wel? Harry zucht diep, dit is een moeilijke vraag. Snel kijkt hij om zich heen, maar hij ziet niets anders dan de stokken van zijn zelfgebouwde fort. Hij zakt omlaag op zijn knieën en gluurt door de spleten. Voor hem uit stroomt het riviertje, links van hem, een eindje verderop, staat de bolhoedtent. Vanuit het fort lijkt de tent op een ruimteschip. Nee, maar, denkt Harry verbaasd, het ís een ruimteschip. Pas geland, even daarvoor was het er nog niet. En het is er akelig stil, dat hij dat nu pas merkt ... Er sluipen ongetwijfeld buitenaardse wezens rond in het bos, op zoek naar een menselijke prooi! Geschrokken draait Harry zijn hoofd naar rechts, want daar ligt het bos dat tegen de heuvel op groeit. Hij ziet iets wat zich sluipend voortbeweegt en wat ogen heeft die donker glanzen. Hoewel hij bang is voor een aanval, is het veilig in zijn fort. Als hij zich muisstil houdt, kan niemand raden dat daar een mensenkind ineengedoken zit.
Opeens hoort hij oma's stem. Hij houdt zijn adem in, want als hij antwoordt, verraadt hij aan de onzichtbare vijand waar hij is. Maar oma blijft roepen:

'Harry, Harry!' Haar stem klinkt ongewoon, alsof ook oma bang is voor een of ander gevaar. Harry gaat helemaal voorover liggen, zijn hoofd rust op zijn dijen, zijn armen zijn gekruist om zijn hoofd en hij houdt zijn ogen dichtgeknepen.
Oma blijft maar roepen en roepen, en omdat hij niet antwoordt, loopt ze regelrecht naar het fort. Dat kan hij niet zien, dat hoort hij alleen maar. Haar stappen komen dichterbij, hij durft nu helemaal niet te bewegen. Ze staat even stil, hij hoort haar in- en uitademen. Dan gaat ze langzaam weer verder weg, dat vindt Harry supereng. Hij wil haar roepen, want hij weet plotseling niet meer waarom hij zich schuilhoudt, en zwijgt. Dat ze weer weggaat, vindt hij verschrikkelijk en toch doet hij gewoon niets.
Het komt door het geritsel in het bos, en ineens weet hij weer waarom hij hier ligt. Ze zijn omsingeld, de buitenaardse wezens bereiden een aanval voor op hem, op oma en op de bolhoedtent. Was de bosheks hier nu maar! Wat vreemd dat zijn oma hem niet meer roept, is ze in gevaar? Moet hij haar redden? Híj alleen weet waar hij zich verschuilt. Hier, op de bodem van zijn prachtige, zelfgebouwde fort! Maar toch blijft hij zwijgen en beweegt hij geen spier. Het hele bos luistert aandachtig krakend mee, het riviertje, breder geworden door al die regen, stroomt door, verder en verder, tot het uiteindelijk bij de zee uitkomt.
Daar hoort hij weer de voetstappen van zijn oma, ze is opnieuw vlak bij zijn fort, maar dan staat ze

stil, want hij hoort niets meer.
Een hele tijd luistert Harry gespannen naar een of ander geluid. Waarom zegt oma niets? Ze staat vlak bij hem, dat weet hij zeker, hij voélt het.
'Boeh!' roept er plotseling iemand.
Harry gilt. Dat was niet de stem van oma, en ook niet van Auranne, de bosheks. Het was de stem van een onbekend wezen, heel zeker van iemand uit het ruimteschip!

12. Oma vindt de auto niet

Na zijn vreselijke gil is Harry recht overeind gesprongen. Hij botst met zijn hoofd tegen het dak, het fort schudt heen en weer, maar blijft overeind. Natuurlijk blijft het overeind, Harry is namelijk de allerbeste fortenbouwer van de wereld. Hij heeft zijn ogen weer geopend en kijkt recht in het grijnzende gezicht van zijn oma. Moet hij nou opgelucht zijn of boos? Eigenlijk is hij het allebei. Hij wringt zich uit het fort naar buiten en loopt een eind weg van zijn oma.
'Heb ik je laten schrikken?' vraagt ze met spijt in haar stem. Harry haalt zijn schouders onverschillig op, maar zorgt ervoor dat hij vooral enorm boos kijkt.
'O, wat vervelend, mijn jongen. Je hield je zo goed schuil, ik vond je pas op het allerlaatst. Je wist natuurlijk wel dat ik het was?'
'Het was ook best een beetje spannend,' geeft Harry toe, 'want daar zit iets.' Hij wijst naar het struikgewas, waar het bos begint.
'Echt waar?' vraagt oma nieuwsgierig.
'Ik zeg het toch!'
'Kom, we gaan samen op onderzoek uit.' Oma neemt Harry bij de hand, maar die stribbelt tegen.
'Waarom zou je bang zijn?' vraagt ze.
'Ik ben helemaal niet bang,' bromt Harry.

'Goed dan, ik heb daarnet ook wat zien bewegen. Weet je wat ik denk? Ik denk dat daar een verdwaalde kat zit.'
'De kat van Auranne?' vraagt Harry met bonzend hart.
'Zou kunnen, kom, we nemen een kijkje. Voorzichtig, geen wilde bewegingen, want verdwaalde katten reageren soms schrikachtig.'

Hand in hand stappen ze naar de bosrand. Als ze er dicht genoeg bij zijn, stoppen ze. Oma legt haar vinger op haar lippen. Een tijdlang staren ze allebei naar iets wat nog het meest op een molshoop lijkt. Even onbeweeglijk, even donker van kleur, even rond. Maar kijk, het beweegt, net zoals een molshoop kan bewegen, vlak voordat de mol naar buiten komt piepen.
Wat Harry ziet, is een gekromde rug met alle haartjes overeind. Een staart die recht omhoog schiet en poten die zich stevig vastklampen aan de grond waarop ze staan.
Geen twijfel mogelijk, de vijand is een buitenaardse ... kat!
'Poes, poes, Melanie, kom!' roept oma. Ze heeft de kat herkend, en de kat heeft haar herkend.
Melanie denkt een ogenblik na voordat ze een beslissing neemt. Dan springt ze met een wijde boog recht in oma's armen.
'We geven haar te eten en te drinken, daarna brengen we haar naar Auranne. Maar, o ja, dat wilde ik nog vragen, Harry, weet jij waar ik mijn auto heb

achtergelaten? Ik kan hem niet meer vinden, ik heb gezocht, en gezocht, maar hij is nergens te zien!'
Met de kat in haar armen loopt oma naar de tent, gevolgd door Harry die nog eenmaal omkijkt naar zijn fort en naar het bos. Alles blijft verder rustig; het ruimteschip is verdwenen. Misschien zijn de buitenaardse wezens er met de auto vandoor. Die hebben ze natuurlijk meegenomen in hun ruimteschip!

Melanie zit zichzelf in een hoekje van de tent te wassen. Met haar pootjes strijkt ze haar vacht glad, ook haar oren vergeet ze niet. Ze begint te glanzen en te spinnen en het is net alsof ze thuis bij de open haard zit.
Oma kijkt opeens weer bezorgd.
'Ik kan het jou eigenlijk niet vragen,' begint ze. 'Je sliep toen ik met de auto hier aankwam, na ons bezoek bij Auranne. Het was pikdonker, ik weet absoluut niet meer waar ik de auto gelaten heb.' Ze kijkt Harry nadenkend aan, alsof hij de auto voor haar weer tevoorschijn zal toveren.
'Help je me mee zoeken?'
'En Melanie dan?'
'We sluiten haar op in de tent, zodat ze niet opnieuw zal weglopen. Ze zal wel een dutje doen, haar verblijf in het bos heeft haar echt aan het schrikken gemaakt.'
Dat gelooft Harry niet – een kat is niet bang in een bos, daar ontmoet ze een heleboel verre familieleden. Ze is toch nog altijd een roofdier en bovendien

heeft ze ogen waarmee ze 's nachts verbazend goed kan kijken. Als je alles kunt zien wat in het donker beweegt, hoef je nergens bang voor te zijn. Had hij maar zulke ogen!
Harry legt de kat boven op zijn slaapzak. Ze kijkt hem dankbaar aan en laat haar roze tongetje zien. Onmiddellijk begint ze te spinnen, een zacht gesnor dat steeds harder klinkt en de hele tent mee laat trillen.

Oma heeft gelijk: de plek waar normaal de auto staat, is leeg. Harry bekijkt de omgeving heel nauwkeurig, als een echte speurneus. De sporen van de banden zijn nog zichtbaar in de grond. Hij loopt eromheen, maakt zijn vinger nat en raakt het spoor aan.
'Hij is vast en zeker gestolen,' zegt hij met een frons in zijn voorhoofd.
'Nee, nee,' lacht oma, 'wie zou hier 's nachts auto's komen stelen?'
De wezens van het ruimteschip, wil Harry er uitflappen, maar hij slikt zijn woorden nog net op tijd in.
'Bovendien word ik van het zachtste geluid al klaarwakker,' gaat oma verder.
Harry bekijkt zijn oma vol ongeloof – hij weet dat het niet klopt wat ze zegt. Dat heeft hij de eerste nacht, midden in het bos met het monster, wel heel duidelijk gemerkt. Maar ook nu zegt hij er niks van.
'Heb je overal gezocht, oma?'
'Tja, overal in de omgeving. Ik ben een paar zijweg-

getjes ingeslagen ... zó ontzettend kan ik me toch niet vergissen?'
'Dan weet ik het zeker, hij is écht gestolen,' zegt Harry.
Oma schudt haar hoofd.
'Dat kan niet,' zucht ze, 'want hier komt niemand. Dit weggetje heb ik afgezocht, en dat hier, daarginds ben ik nog niet geweest.'
'Dat is wel héél ver,' roept Harry uit.
'Ja, ik kan het ook niet geloven. Ik heb je nog tot aan de tent gedragen,' zegt oma verwonderd.
Harry loopt voorop. Hij weet dat oma hem niet kan bijhouden, ook al zijn haar benen kilometers langer dan die van hem. Hij vindt het geweldig dat hij mee op zoek mag gaan naar de auto. Als hij hem toch in zijn eentje zou vinden ... Met zijn hoofd omlaag rent hij verder. Als hij geen sporen vindt, neemt hij een ander paadje.

Het gaat razendsnel en onderweg komt hij oma weer tegen, op één van de weggetjes die hij allang onderzocht heeft. Haar gezicht staat ernstig, en daarom weet hij, dat ze zich écht serieuze zorgen begint te maken.
Maar hij zal de auto vinden, hij, Harry, en niemand anders.

13. Het raadsel opgelost

Harry en oma blijven maar in kringetjes rondlopen. De zon staat inmiddels al hoog aan de felblauwe hemel. Het zweet loopt in straaltjes van oma's gezicht. Ze laat zich neerzakken met haar rug tegen een boom en met een zakdoek droogt ze haar voorhoofd en wangen af. Ze zijn geëindigd waar ze begonnen zijn, precies op de plek waar de auto eigenlijk had moeten staan.
'O, wat heb ik een vreselijke dorst!' verzucht oma.
'Zal ik water voor je halen?'
Oma heeft haar ogen gesloten en knikt. Harry loopt op een drafje weg. In de tent is het al snikheet, dat is niet goed voor Melanie. Maar ze moeten doorgaan met zoeken, Melanie kan nog niet bevrijd worden. Harry zet een schoteltje met water voor haar neer en neemt dan de fles mee voor oma. Zorgvuldig sluit hij de tent af. Hij kijkt aandachtig om zich heen: zijn fort staat er nog, het water van de rivier glijdt en kringelt over de gladde stenen, het bos ruist stilletjes in de wind, vogels roepen naar elkaar, alles lijkt normaal en in orde. Heel even kijkt Harry ook naar boven, of zich daar iemand verscholen houdt. In de boomtoppen is niets te zien wat op een ruimteschip lijkt. Ze zijn allang weg, met een duizelingwekkende snelheid zijn de ruimtewezens teruggekeerd naar hun eigen planeet. Misschien lan-

den ze op ditzelfde moment, en gapen de buitenaardse bewoners naar het vreemde voertuig dat van de aarde is meegenomen. Niemand weet natuurlijk dat dat ding een auto is. Ze lopen eromheen, betasten hem, geven commentaar en vinden het allemaal vreselijk opwindend. Ze kunnen de auto niet eens starten, dat kan alleen oma.
Met de fles in de hand loopt Harry het weggetje weer op. Boven aangekomen ziet hij dat oma half slapend tegen de boomstam aan ligt. Zal hij het maar vertellen van het ruimteschip? Dan hoeven ze ook niet meer verder te zoeken.
Net als Harry met zijn verhaal wil beginnen, horen ze gebrom in de verte. Oma laat de fles, die ze door de dorst bijna heeft leeggedronken, pardoes in het zand vallen.
'Hoor jij dat ook, Harry?'
'Volgens mij is dat een auto,' zegt hij.
'Ja, dat denk ik ook, en weet je wat ik nog meer denk? Dat het mijn auto is.' Kreunend komt ze overeind en ze klopt haar kleren af.
Precies op dat moment zien ze oma's voertuig er aankomen, Harry denkt dat hij zal flauwvallen. Hij herkent degene die achter het stuur zit. Wat betekent dit allemaal?
'Oma?'
'Stil maar jongen, stil maar, ik leg het je allemaal nog uit.'
De auto stopt vlak voor oma en Harry. Het portier zwaait open en iemand met een lange, wijde jurk stapt uit.

‘Koekoe!’ schalt een bekende stem.
Harry staart Auranne ongelovig aan. Maar de bosheks lacht oma en hem onschuldig toe. Is ze nou een autodief of niet, vraagt hij zich af. Maar dan beginnen Auranne en oma vrolijk te ratelen in het Frans, hij verstaat er natuurlijk geen woord van.
Oma kijkt hem plotseling aan, ze glimlacht ondeugend en aait langzaam over zijn bol.
‘Waarom mag ik niets weten?’ vraagt Harry boos.
‘Deze nacht heeft Auranne ons met haar auto naar hier gebracht, daarna is ze terug naar haar huis gereden, en, tja, dat was ik eigenlijk vergeten, en nu heeft ze mijn auto teruggebracht.’
En weer beginnen de twee vrouwen te kwebbelen en te lachen, Harry wordt er knettergek van.
Harry heeft papa en mama horen vertellen over oude mensen die iets raars in hun hoofd gekregen hebben. Die niet meer weten dat ze kinderen en kleinkinderen hebben, vergeten zijn waar ze wonen en wie ze zijn. Die niemand nog herkennen, maar nog wel spreken over hun vriendje uit de kleuterklas, bijna honderd jaar geleden. Zou oma ook zoiets ... of heeft Auranne haar deze nacht betoverd? Of is er iemand van het ruimteschip in haar hoofd gekropen? Dat kan allemaal, zulke verhalen hoor je dagelijks.
‘Harryman!’ roept oma vrolijk. ‘Harryman, ik zie dat je je zorgen om mij maakt, niet doen! Ik had vannacht een slokje te veel op, dat kwam door de frambozenwijn die Aurannes vader zelf heeft gebrouwen!’

......

'Ge-wattes?'
'Van frambozen heeft Aurannes vader wijn gemaakt. Je drinkt ervan en je drinkt ervan, omdat je alleen maar aan die overheerlijke frambozen denkt.'
Harry blijft zijn oma verbaasd aanstaren, zodat zij en Auranne weer in lachen losbarsten.
'Ik zal het nooit meer doen, en nu brengen we Auranne en Melanie mooi weer naar huis!' Oma is uitgelachen, haar stem klinkt opnieuw rustig en vertrouwd.
Auranne, de wondermooie bosheks, grijpt Harry plotseling onder zijn oksels vast en begint hem rond te zwieren. Harder en harder, de wind fluit om zijn oren en Harry wil dat het zo nog wel een tijd doorgaat en hij roept: 'Straks val ik van de wereld af!'
Eindelijk kan hij weer lachen en is hij niet langer ongerust over oma's hoofd.
Wel jammer van de poes, vindt Harry. Die had hij graag gehouden.

14. Rumoer bij maneschijn

Voordat het donker wordt, heeft oma wat kleren gewassen en die aan één van de touwen van de tent opgehangen. Zo kunnen ze morgen bij de eerste zonnestralen opdrogen.
Harry mag de tuinfakkels aansteken. Aan beide zijkanten, naast de ingang van de tent, heeft hij er één in de grond geduwd.
Uit het water van de rivier stijgen nevelwolkjes op. Harry wringt zich in een trui, de avondlucht is koel. Eén schitterende ster is al aan de hemel verschenen.
'Dat is eigenlijk geen ster,' zegt oma, 'het is de planeet Venus. De mensen noemen haar de avondster, omdat ze als eerste verschijnt. En 's ochtends noemen ze haar de morgenster, omdat ze als laatste verdwijnt. Maar het gaat altijd om dezelfde planeet: Venus.'
Wat zou Harry graag in de ruimte reizen om al die sterren en planeten één voor één te bezoeken en van dichtbij te bestuderen.
'Ken je het verhaal van de Kleine Prins en zijn piepkleine planeet?' vraagt oma, alsof ze Harry's gedachten geraden heeft.
Ze neemt hem bij haar op schoot en samen kijken ze naar de donker wordende avond. En terwijl ze naar dat geheimzinnige donker kijken, vertelt oma

over de Kleine Prins totdat Harry in slaap valt. Hij wordt wakker op het moment dat oma hem voorzichtig in zijn slaapzak schuift. Hij geeft een kus op haar wang en ziet nog hoe oma de lichten één voor één dooft. Tientallen motten zijn weer door hun eigen onvoorzichtigheid gestorven, omdat ze het niet konden laten tegen een vlam te vliegen. Al half in slaap denkt Harry aan deze motten die hij, ondanks hun domheid, toch ook dapper vindt. Ze weten dat ze hun vleugels verbranden, maar ze houden zo van het licht. En omdat ze zo van het licht houden, offeren ze daarvoor hun leven op. En Harry denkt ook nog aan het verhaaltje dat oma buiten, voor de tent, verteld heeft. Over de Kleine Prins en zijn nog kleinere planeet. Hij leeft daar heel alleen, zonder vader, moeder, oma's of opa's. Wel heeft hij drie piepkleine vulkaantjes die hij regelmatig schoon moet houden en één enkele roos, waarvan hij niet wil dat die ooit verwelkt. En hij moet ervoor zorgen dat de baobab, dat is een apenbroodboom, op tijd uit de grond gerukt wordt. Als de baobab groeit, wordt hij zo gigantisch groot dat hij de kleine planeet uit elkaar zal scheuren. Harry stelt zich voor hoe treurig het moet zijn om helemaal in je eentje met zo'n gevaar te leven. Uiteindelijk belandt de Kleine Prins op de aarde en daar ziet hij een tuin met niets dan prachtig bloeiende rozen, terwijl hij dacht dat zijn roos de enige was van het hele heelal. Hij ontmoet ook een vos, Harry's lievelingsdier, die aan de Kleine Prins vraagt om getemd te worden, zodat hij niemand meer zal bijten.

Harry vindt dat heel mooi van die vos, maar als hij niemand meer wil bijten, zal hij toch sterven van de honger? Het griezeligst vindt hij de slang. Die doet heel vriendelijk, maar hij bijt de Kleine Prins in zijn enkel, waardoor de Kleine Prins sterft. Oma zegt dat het een manier is om hem naar zijn planeetje terug te sturen, daar had hij heimwee naar gekregen. Maar Harry vindt het toch heel akelig en heel naar, was er geen andere manier om terug te keren? Hoe is de Kleine Prins dan op de aarde terechtgekomen, toch niet door een slangenbeet? Daar moet hij het morgen met oma over hebben.
Harry's ogen worden loodzwaar en – boem! – ze vallen dicht en hij voelt helemaal niets meer.

Ook deze derde nacht in de tent schrikt Harry wakker. Deze keer niet van het monster in dat andere bos, of van een onweer, maar van iets wat vlak bij de tent beweegt. Melanie is teruggekeerd, denkt hij blij. Ze vond het fijn in de tent en boven op mijn slaapzak! Ze wil hier zijn, bij mij, en niet bij Auranne.
'Psst, Melanie, psst!' roept hij zachtjes. Hij wacht tot zijn ogen gewend zijn aan het donker, dan is het alsof hij ook beter kan luisteren. Voorzichtig gaat hij rechtop zitten. Het is een tijdje stil, maar dan hoort hij het weer duidelijk: geschuifel, gehijg, getrippel en gewrijf. Net zoals tijdens de eerste nacht! Maar Harry wil nu niet geloven dat het een gruwelijk monster is. Nee, hij is er van overtuigd dat het Aurannes kat is en hij wil de tent uit om haar te

zoeken. Maar dan denkt hij aan het donker buiten, waar hij heel alleen in moet stappen. Hij heeft zijn zaklamp wel bij zich, maar dat licht kan niet al het donker wegkrijgen.
Zuchtend gaat Harry weer liggen, de geluiden vlak bij de tent gaan onophoudelijk door. Hij is er niet meer zeker van dat het de kat van Auranne is, of gewoon een andere halfwilde kat. Daarvoor zijn de geluiden eigenlijk veel te lawaaierig. O, wat een gewroet, geknabbel en geklauw, de hele tent schudt ervan. Van schrik duikt Harry weer helemaal in zijn slaapzak. Maar dat houdt hij niet lang vol, hij krijgt te weinig lucht en krabbelt er weer bovenuit.
Hij denkt aan de reusachtige, behaarde keel van het monster dat alleen 's nachts leeft, speciaal om kinderen te pesten die in tenten slapen. Het monster sluipt rond, heen en weer, staat stil, gaat weer verder, snuffelt, snuift, stoot verschillende keren tegen de tent aan, proest, hijgt, hikt.
Stijf van de angst blijft Harry luisteren, tot het monster er genoeg van heeft en verdwijnt. Het getrappel is nog lang te horen, eindelijk wordt het weer stil en rustig rondom de tent en valt Harry weer in slaap.

15. Harry en oma houden de wacht

'Harry, Harry!'
Met moeite opent Harry zijn ogen, dan herinnert hij zich het nachtelijke rumoer en is meteen klaarwakker.
'Harry, Harry, kom nou eens kijken!'
Aan oma's stem is te horen dat het dringend is. Harry beseft dat het met het monster van vannacht te maken heeft, en hij spurt de tent uit.
Daar staat oma, vlak bij de draad waar de kleren moeten hangen. Maar de draad is leeg en oma kijkt Harry vragend aan.
'Heb jij ...?'
Harry schudt heftig het hoofd.
'Ik heb wel van alles gehoord, vannacht.'
'Wat dan allemaal?'
'Het monster.'
Harry zwijgt verlegen.
'Ja?' vraagt oma, 'Vertel eens?'
'Ik ... hm ... vond de zaklamp niet. Ik vond hem eigenlijk wel, maarre ...'
'Wat hoorde je allemaal, Harry?' vraagt oma vriendelijk.
Harry noemt alles op wat hij gehoord en niet gehoord heeft. Stampen, draven, schuiven, brullen, rollen, stompen, trillen, gillen, pletten, kraken, gapen, sluipen, grommen, brommen ... Hij ziet het

opeens in alle duidelijkheid gebeuren.
Een woeste bende struikrovers die zich klaarmaakt om hun tent te overvallen. De struikrovers beseffen dat het een bijzondere tent is van een groot uitvinder. Die bolhoed moeten ze te pakken zien te krijgen. 'En wat doen we met de bewoners?' vragen ze aan elkaar. 'Die hakken we in stukken en eten we op,' antwoordt de roverhoofdman. Er ontstaat ruzie onder de bendeleden over de verdeling. Wie krijgt de bolhoedtent en wie de brokken vlees? Zo heftig gaat het eraan toe dat ze met elkaar gaan vechten en al vechtend steeds verder van de tent terechtkomen. Het ene na het andere bendelid valt neer, op het einde blijft alleen nog maar de roverhoofdman over. Die vindt er niets meer aan. Hij is ook vergeten waar het allemaal om ging, en hij verdwijnt spoorloos in het bos.
Dat is de redding geweest van Harry en zijn oma.

Oma strijkt nadenkend over haar kin terwijl ze naar Harry's verhaal luistert.
'Wat heb je nou écht gehoord, Harryman? Waar ben je écht wakker van geschrokken?' Ze blijft hem vriendelijk aankijken, maar legt de nadruk op het woordje 'écht'. Harry beseft dat hij zijn verhaal rustiger moet vertellen. Hij gaat nog eens alles na, van het eerste tot het laatste geluid.
'Het grommen en stompen en schuiven en kraken en sluipen en hijgen heb ik allemaal gehoord, oma, echt allemaal.'
'Mmja,' zegt oma. Ze loopt heen en weer om de

omgewoelde aarde te bekijken. Nu pas durft Harry dichterbij komen, en ook hij staart naar de sporen in de omgewoelde aarde. Het zijn er onnoemelijk veel, zo veel dat hij niet anders kan dan in zijn verhaal van de woeste bende struikrovers blijven geloven. Ze hebben geluk dat ze nog leven, oma en hij. Heel even denkt Harry eraan om te vragen of ze onmiddellijk naar huis terug kunnen gaan. Heel even maar, want hij wil niet terug.
Nog nooit heeft hij zo'n spannende vakantie beleefd. Oma zal hem beschermen en hij zal oma beschermen, samen zijn ze supersterk!

'Weet je wat we vanavond gaan doen?' vraagt oma opgewekt. Bewonderend kijkt Harry zijn grootmoeder aan. Ze klimt in hoge bomen, kampeert midden in een bos, rijdt met een auto die niet start en is helemaal niet bang, voor niets en niemand!
'Wat dan, oma?'
'We houden samen de wacht wanneer het donker wordt.'
Harry begint te gloeien van plezier. 'Hoe doen we dat?'
'We gaan muisstil binnen in de tent zitten, maar met de deur open en wachten op wat er gaat gebeuren. Onze kleren zijn we kwijt, maar vannacht weten we wie de boosdoeners zijn.'
'Is dat niet gevaarlijk?' wil Harry weten.
'Helemaal niet,' zegt oma flink, 'het gaat heel waarschijnlijk om een paar onschuldige dieren.'
'Die stelen toch geen kleren?' roept Harry uit.

'Misschien raakten ze gewoon verstrikt in de touwen. Leg je pijl en boog maar alvast klaar,' grapt oma.
De rest van de dag brengt Harry door in en om zijn fort. Zonder er iets van tegen oma te zeggen, zoekt hij een geschikte stok voor vannacht. Hij moet kunnen buigen zonder breken, licht in de hand liggen en zo sterk zijn dat hij er een nijlpaard mee kan verjagen. Zulke stokken zijn niet gemakkelijk te vinden. Maar Harry vindt er een. Met een zakmesje dat hij van oma leent, maakt hij een scherpe punt aan de stok. Hij kan bijna niet wachten tot het donker is.

Daar zitten ze dan naast elkaar op hun stoeltjes, oma en Harry. Ze dragen donkere kleren om niet op te vallen. De deurflap is opgerold en vastgemaakt en kan niet meer bewegen in de avondwind. Het maanlicht schijnt tussen de bomen en over de kale plekken voor de tent. Zelfs het kleinste veldmuisje dat voorbij trippelt, kunnen ze zien. Ze hoeven alleen maar te wachten, stil te zijn en ervoor te zorgen dat ze niet in slaap vallen.
Harry houdt de buigzame stok met het fijngeslepen uiteinde in zijn hand. Hij hoopt dat ze niet té lang moeten stilzitten, want stilzitten is niet zijn sterkste punt. Hij durft zelfs niet te knipperen met zijn ogen.
Opeens denkt hij aan een vraag die hij had moeten stellen. Een heel dringende vraag, waar oma waarschijnlijk ook niet aan gedacht heeft. Toch is het

absoluut nodig dat hij het er met oma over heeft. Hij begint te wiebelen van ongemak. O, wat is het stil en donker rondom hen, en wat kan oma goed stilzitten, ze lijkt wel een standbeeld! Hij houdt het bijna niet meer uit.
'Oma,' fluistert hij.
'Ssst, nu eventjes niet.'
'Maar het is dringend.'
'Ssst, ssst!'
'Oma, als ze vannacht nu eens niet komen?'
'Ze komen wel, stil nu.'
'Dat kunnen we toch helemaal niet weten?'
'Ssst, stil.'
Harry kijkt weer recht voor zich uit. Als oma gelooft dat ze komen, zal het ongetwijfeld gebeuren. Hij ademt een paar keer diep in en uit totdat het weer rustig wordt in zijn hoofd.
Oma verwacht andere bezoekers dan Harry. Hij vindt het spannend om, als ze er uiteindelijk zullen zijn, te zien wie er gelijk heeft. Oma verwacht dieren, hij verwacht struikrovers, maar als hij hier heel goed over nadenkt, twijfelt hij toch ook weer. Auranne, de bosheks, zou niet toestaan dat er struikrovers in haar bos rondsluipen. Maar hoe machtig is Auranne? Ook daar heeft Harry twijfels over. Ze is ongelofelijk mooi en lief en heeft een aardige tijgerkat, wat niet echt passend is voor een heks. Die hebben meestal zwarte katten met felle ogen, maar Melanie is even lief en zacht als Auranne.

Harry kijkt naar de maan, die staat niet stil, maar is

weer een beetje opgeschoven. Of is het de aarde die is opgeschoven? De aarde draait razendsnel rond, en toch blijven de huizen overeind staan. Dat is toch een beetje vreemd. Alles beweegt, kijk, daarstraks stond de maan nog boven de dennenboom, nu staat hij boven een dikke eik, en over een tijdje is hij zo ver opgeschoven dat ik hem niet meer zal zien vanuit mijn plekje in de tent.
Oma stoot Harry aan.
'Ik hoor iets aankomen,' fluistert ze.
Hij luistert aandachtig en ja, zijn oren vangen geluiden op die er daarnet nog niet waren, toen hij over de bewegende maan nadacht.
De geluiden komen uit het bos, er is opeens veel meer geritsel en niet alleen van de wind. Ze horen takjes kraken en rennende plofjes, van poten, van voeten? Harry omknelt de stok die hij bijna vergeten was, maar die nog altijd op zijn knieën ligt. Hij verlangt nu heel erg naar zijn slaapzak waar hij helemaal in kan wegduiken, ook al is dat verstikkend warm. Maar naast hem zit oma en oma blijft rustig, dat voelt hij.
Het lijkt erop alsof de geluiden weer verdwijnen en Harry wil al opgelucht ademhalen. Maar dan gebeurt het!
Harry's mond valt open, hij kan niet geloven dat wat hij ziet echt is. Hij wil wel, maar hij kan niet, toch, hij moet, want oma mompelt:
'Wel heb je me nou!'

16. Een speelse familie

Opzij, opzij, daar komen ze aan! Harry telt er zes. Ze lopen niet recht op hun doel af, maar rennen dan naar hier, dan naar daar, ondertussen hun platte snuiten in de grond borend. De moeder loopt een eindje van haar vijf jongen vandaan. Die springen op elkaars ruggen, rollen in het zand, grommen en piepen, huppelen achter het maanlicht aan. De moeder heeft een borstelige vacht, ze is groot en lomp, maar loopt met de sierlijkheid van een danseres. De vacht van de jongen is nog gestreept, en daarbovenop, daarbovenop dragen ze iets wat Harry en zijn oma onmiddellijk herkennen. Harry doet heel erg zijn best om zijn lach in te houden en niet van zijn stoel te rollen.
De jonge everzwijntjes lopen rond met de kleren die aan de waslijn hingen. Door het wroeten en ravotten zijn Harry's hemdjes en oma's slipjes heel vast rond hun lijven komen zitten. O, o, nu komen ze in de richting van de tent gelopen, ze zijn er slechts enkele passen van verwijderd. Zo dichtbij zijn ze, dat Harry ze kan ruiken.
Moeder everzwijn trippelt verder in haar eentje rond, op zoek naar etensresten. Harry vindt haar er behoorlijk gevaarlijk uitzien, ze snuift en hijgt en wroet helemaal zoals hij het heeft gehoord vanuit zijn slaapzak. Af en toe komt ze kijken hoe het met

de jongen gaat. Eén keer komt ze zo dicht bij de opening van de tent, dat Harry en zij elkaar recht in de ogen aankijken, dat is even schrikken! Zal Harry de stok moeten gebruiken om haar te verjagen?
Ze lijkt niet boos, alleen nieuwsgierig. Ze trippelt zonder iets te doen weer weg, een eindje van de tent vandaan. Na een tijdje wroeten en rondkijken en knorren en grommen valt er voor de moeder niets meer te beleven, en op haar gemak verlaat ze de kampeerplek. Ze hoeft haar jongen niet eens te roepen, die rollebollen gewoon achter haar aan.
Harry ziet zijn hemdjes en oma's slipjes achter het struikgewas verdwijnen. Vanuit het struikgewas rennen de wilde zwijnen verder het bos in. De stilte en de rust zijn teruggekeerd.
Joelend en proestend springt Harry van zijn stoel op.
'Dat was de familie everzwijn!' schalt hij, en zijn stem klinkt tot ver in het bos. 'Oma, heb je dat gezien, ze dragen onze kleren! Heb je dat gezie-ie-ien?!'
Oma en Harry komen bijna niet meer bij van het lachen.
'En nu eindelijk naar bed,' zegt oma terwijl ze haar ogen droogwrijft. 'Je hebt je geweldig gedragen, Harryman. Omdat we zo lang konden stilzitten, durfden ze ook zo dichtbij te komen. Waren ze niet schattig? Ik voel me vereerd dat ze onze kleren dragen!'

De volgende nachten luistert Harry vanuit zijn

slaapzak naar de geluiden die hem nu heel vertrouwd zijn. Hij ziet elk everzwijntje voor zich, de logge moeder, de jongen met hun streepjesvacht en daaromheen, oma's kleren en de zijne. En voor het eerst sinds hij in de tent slaapt, is de nacht geen monster meer voor hem. Hij vindt het zelfs een beetje stom dat hij in een monster heeft geloofd!

En dan is het de laatste dag van de vakantie. Wat jammer, Harry wil niet weg, maar de tijd is om. En hij is natuurlijk blij dat hij zijn ouders – en zijn knuffelbeest – terug zal zien.
Ze horen een auto aankomen op de weg daarboven, hij stopt, een portier gaat open en slaat dicht. In al haar schoonheid komt de bosheks het paadje af gelopen. Haar jurk waaiert om haar heen en haar krullen lijken te dansen in de wind.
Ze heeft een zelfgemaakte bosvruchtentaart meegebracht en zit, precies zoals de eerste keer, in de zon voor de tent. Zij en oma praten honderduit en Harry verstaat er nog altijd geen letter van. Hij staat op en loopt naar het riviertje, zijn riviertje, dat alweer veel kalmer stroomt sinds het onweer. De gladde koppen van de stenen komen boven het water uit gepiept. Harry doet zijn sandalen uit, nog een laatste keer wil hij met blote voeten door het water plonzen. Hij pakt een kei en gooit hem verderop het water in, de druppels spatten hoog op en vormen een fontein. Zijn fort is ingestort, dat heeft de familie everzwijn gedaan, maar Harry vergeeft het hen. Hij kan zo weer een nieuw fort bouwen,

dat veel groter en indrukwekkender wordt. Hij is toch de beste fortenbouwer van de wereld?
Oma roept, Auranne wil vertrekken. Harry moet afscheid nemen, maar hij wil niet. Van bosheksen neem je toch geen afscheid?
'Kom nou, Harry!' dringt oma aan.
Met de sandalen in zijn hand loopt Harry langzaam naar de twee vrouwen toe.
'Dag Harry, tot ziens,' zegt Auranne in Harry's taal. Dat heeft oma haar geleerd.
'Dag Auranne, tot ziens,' zegt Harry terwijl hij aandachtig naar de grond kijkt.

Nadat Auranne vertrokken is, beginnen oma en hij alles op te ruimen. De bolhoedtent zakt zonder problemen netjes in elkaar, helemaal zoals het in het boekje met uitleg beschreven staat.
Daarna brengen oma en Harry alles naar de auto. Ze lopen een paar keer op en neer, het gaat vlot en snel, Harry weet precies wat oma van hem verwacht! Nog eenmaal kijkt hij om naar hun plek, waar alleen de afdruk van hun tent bewijst dat ze er zijn geweest. Het riviertje stroomt kalm verder.
Oma start de auto, nog een keer, een derde keer, de vierde keer lukt het, en ze rijden weg!

In deze serie zijn verschenen:

Vinden ze ons dan niet schattig?

Hij ligt nog in die vrachtwagen!

Honden in de nesten

Oude, trouwe Lobbes

China in zicht!

Meester Moppermans

Het meisje in de maan

Selma Noort
Hij ligt nog in die vrachtwagen!
start

Dirk Nielandt
Honden in de nesten
op weg

Berdie Bartels
Meester Moppermans
plus

Peter Vervloed
Het meisje in de maan
extra